Ein Bauernhof im Südosten Frankreichs. Hier verbringt man sein ganzes Leben unter demselben Dach, man wird im linken Bett geboren, stirbt im rechten, und in der Zwischenzeit kümmert man sich um die Tiere im Stall.

Weit weg von den Verlockungen der Stadt wird sie groß, die »Kleine«, bei der besorgten Mutter, der rührenden Oma, dem fleißigen Opa und dessen Bruder, den man lieber im Hinterzimmer versteckt. Und natürlich mit den Kühen, die ihre Kälber ablecken, den Kaninchen, die irgendwann dran glauben müssen und den Kindern die weißen Schwänze bescheren, für Spiele, die man immer schon gespielt hat. Wenn »die Kleine« die Wörter der Oma, die Gesten des Opas oder die Gesichtszüge der Mutter beobachtet, kann sie sehen, wie alle etwas weitertragen – bis hin zu ihr.

Zart und herb zugleich beschreibt Marion Fayolle eine Welt, scheinbar unveränderlich und außerhalb von Zeit und Raum. Und doch machen sich in ihren Fugen erste Risse bemerkbar, weil sie eingeholt wird vom Tod und der Moderne. Ein Roman wie ein verspielter und melancholischer Abschied, ein sanfter und tiefer Blick auf einen Hof, dem man irgendwann entfliehen musste, um etwas Eigenes erschaffen zu können.

Marion Fayolle

Aus gleichem Holz

Roman

Aus dem Französischen von
Ruth Gantert

Atlantis

Die Übersetzung dieses Werks wurde von der
Schweizer Kulturstiftung Pro Helvetia unterstützt.
Verlag und Übersetzerin bedanken sich dafür.

Hegibachstrasse 2, CH-8032 Zürich
info@atlantisverlag.ch
www.atlantisliteratur.ch
GPSR-Kontakt: Schöffling & Co. Verlagsbuchhandlung GmbH,
Kaiserstraße 79, D-60329 Frankfurt am Main
info@schoeffling.de

Titel der Originalausgabe: *Du même bois*

Lektorat: Daniela Koch

Covergestaltung: Lara Flues
Satz: Tristan Walkhoefer, Leipzig
Gesetzt aus der Stempel Garamond LT / 1. Auflage 2025
Druck und Bindung: GGP Media GmbH, Pößneck
Auch als E-Book erhältlich
ISBN 978 3 7152 5045-8

Für meine Familie

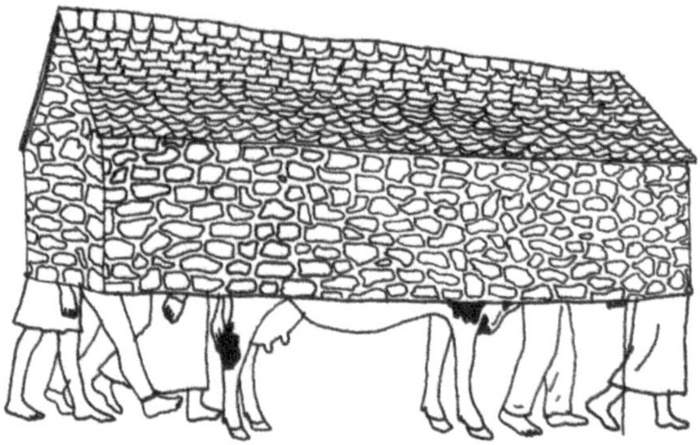

Der Hof

Ein lang gestrecktes Gebäude, auf beiden Seiten Wohnräume, dazwischen der Stall. Der linke Teil ist für die junge Generation, die den Hof übernommen hat, der rechte für die Alten. Man arbeitet, man wird müde, und eines Tages landet man am anderen Ende. Weil es praktischer ist, da gibt es ein Zimmer auf ebener Erde, die Treppe ist nicht so steil, die Räume scheinen fürs Altwerden gemacht. Außerdem, wenn dann einer gestorben ist, meistens der Mann, sind die Kinder am anderen Ende, das beruhigt, hilft gegen die Einsamkeit, sie schauen im Vorbeigehen, ob Licht brennt, ob die Fensterläden offen sind, ob da Wäsche hängt, sie kommen auf einen Sprung herein, ziehen die Stützstrümpfe hoch, zählen die Tabletten für den Blutdruck nach und sind etwas genervt über die taub gewordenen Ohren.

Und eines Tages merken auch sie, dass es härter wird, nachts wegen der kalbenden Kuh aufzustehen, dass ihnen alles wehtut. Sie wissen schon, bald werden sie es sein, die in den rechten Flügel wechseln, die Zimmer fürs Lebensende beziehen. Aber solange die Omama noch da ist, sind sie beruhigt, das heißt, sie haben noch Zeit. Sie haben noch den Stall zwischen sich und dem anderen Ende. Ja, schon, sie ist manchmal mühsam, die Omama, wie sie nichts mehr versteht, sich in alles einmischt, vom lieben Gott spricht, aber man kümmert sich um sie, denn es hat gar keine Eile, dass sie ihren Platz räumt und dass die Zeit kommt, die einen in den rechten Wohnraum ziehen lässt, wo man in dem Bett schläft, in dem die Eltern, die Großeltern, die Urgroßeltern und all die Ur-ur-urs gestorben sind.

Die Kinder, sie laufen hin und her und verbinden die beiden Enden, bringen den Eltern frische Eier, der Omama leere Töpfe. Sie stolpern über das Pflaster und sehen ihre Zukunft durch die Fensterscheiben.

Hier verbringt man sein ganzes Leben unter demselben Dach, man wird im Bett links geboren und stirbt in jenem rechts, und dazwischen kümmert man sich um die Tiere im Stall.

Da stehen sie in Reih' und Glied, auch ihr Weg ist vorgezeichnet. Beim Eingang die kleinen Kälber, etwas weiter weg die Färsen, dann die Mütter und zuletzt die Alten, die bald fortgehen. Die Kinder lernen früh die Arbeit mit den Tieren, sie stapfen mit Stöcken dieser Versammlung von Hintern hinterher. Sie wissen, was die Vulven sagen, wenn es anschwillt, wenn es blutet, wenn die Schwänze sich heben, das Becken hohl wird, wann man die Eltern rufen muss, da die Kuh zu kalben beginnt. Sie sehen, wie geboren und gestorben wird, denn das kommt vor, und man muss sich abhärten.

Sie sehen auch die Omama alt werden, man verbirgt sie nicht vor ihnen in einem Heim, und sie müssen stark sein, für den Fall, dass sie es sind, die eines Tages beim Zurückbringen der leeren Schüssel die Omama leblos auffinden. Der Tod der Kälber, der so kleinen, süßen, übt sie darin, auch den Tod der Alten anzunehmen, wie man sagt.

Die Kleine

Es ist eine seiner besten Kühe, ohne Marotten, die immer leichte Geburten hat, nie ein entzündetes Euter und gut gedeihende Kälber. Aber jetzt ist sie wie ausgewechselt. Er will das Kalb zu ihr legen, sie schlägt mit den Hinterbeinen aus, schwenkt die Hörner. Sie ist böse, macht euch davon, Kinder, fort aus dem Stall. Er spricht in Dialekt mit der Kuh, beruhigt sie. Warum nur nimmt sie dieses Kalb nicht an? Wäre sie nicht angebunden, würde sie es töten, da ist er sich sicher. Was ist sie doch böse. Wenn es ihr erstes Kalb wäre, würde er sie nicht behalten, er würde sich ohne Weiteres von ihr trennen, aber die hier ist seine liebste, die immer sanft war, die sogar die Zwillinge ihrer Nachbarin annahm, als die nicht genug Milch hatte. Weißt du noch, sagt er zu seiner Frau, weißt du noch, was für eine gute Mutter sie war letzten Winter. Was ist mit diesem Kalb, dass sie es nicht säugen will? Es ist ein Brocken, das schon. Nur mit den Ketten haben sie es rausbekommen, sie konnte es nicht selbst loswerden. Er ärgert sich, er hat den Stier schlecht gewählt, die Kälber sind zu stämmig, das macht die Kühe kaputt, er konnte es nicht wissen, aber jetzt, jetzt ist es ja durchgestanden, das Kalb hat keinen Schaden, der Mutter geht es gut. Warum will sie es denn nicht ansehen, mit der Zunge säubern, beschnuppern, warum ist sie so böse geworden?

Sonst schaut er von Weitem immer gerührt zu, wie Kuh und Kalb sich begegnen, sich ablecken, er freut sich, wenn das Kalb schon stehen kann und die Zitze zu fassen kriegt. Im Halbdunkel des Stalls erkennt er an diesem Tag sein Tier nicht mehr wieder. Kinder, geht ins Haus, fort mich euch, das ist nicht schön anzusehen.

Die Kuh rempelt ihr Junges an. Es hält sich kaum auf seinen langen, zarten Beinen, so staksig wie Stelzen, und als es die Wärme seiner Mutter sucht, stampft sie, bedroht es mit ihren Hörnern, rasselt mit den Ketten und stößt den neugeborenen, noch blutbesudelten kleinen Körper um, wirft ihn auf den kalten Stallboden. Wie böse sie ist, bleibt nicht hier, Kinder, geht ins Haus. Wie böse sie ist. Sie wird es noch töten, wenn man sie machen lässt. Was ist nur mit diesem Kalb, dass es seine Mutter so böse gemacht hat. Eine so sanfte Kuh, die erste in der Reihe, extra hat er ihr diesen Platz bei der Stalltür gegeben, um ihre Augen, den Kopf und die Ohren zu sehen, denn von den andern sieht man nur den Schwanz.

*

Die Geburt dauert lange, das ist oft so beim Ersten. Das Kind will sich nicht senken, oder umgekehrt, sie hält es zurück. Die Hebamme erklärt ihr, jede Wehe sei ein Schritt des Kindes auf sie zu, sie müsse es willkommen heißen. Schon, aber sie kann die Wehen gar nicht spüren. Nach der Spritze fühlt sie nichts, sie presst vielleicht nicht im richtigen Moment, sie presst, wenn man es ihr sagt, und so, wie man es ihr erklärt hat.

Ihr kommt die Kuh in den Sinn, sie hätte auf ihren Vater hören sollen, nicht dabeibleiben, aus dem Stall gehen, nicht zuschauen sollen. Sie hat Angst, sie will nicht böse werden, sie fragt sich, ob es möglich ist, sein Kind nicht zu lieben.

Man sagt ihr, sie solle sich entspannen, man muss den Arzt holen, man wird die Zange brauchen, das Kind gibt langsam auf, man weiß nicht, warum es nicht mitmacht, warum es sich nach jeder Wehe wieder so tief zurückzieht.

Man legt ihr die Kleine auf die Brust, sie möchte das Kind ablecken, sie küsst es, atmet seinen Duft ein, und nein, sie verspürt keinen Impuls, es zu töten. Sie kann es nicht mehr aus den Augen lassen. Sie macht alles wie die anderen Mütter, und noch mehr. Alles, was dazugehört, sie badet und stillt es, sie summt, wiegt und schmiegt es an ihre Haut, den ganzen Tag und in der Nacht, auch wenn davon abgeraten wird. Die Wunde tut ihr weh, aber was soll's, sie will, dass es dem Kind gut geht, sie will da sein, es nicht allein lassen, nicht einmal zum Schlafen.

Die Kleine nimmt kaum zu, und das macht ihr Sorgen. Es scheint ihr, sie brauche länger als die Babys der Nachbarzimmer, um sich zu beruhigen, sie trage eine Art Angst in sich, etwas, das nicht normal ist. Ein Kind, das mit der Zange geholt wurde, kann nicht ganz gelassen sein, die Kleine wird zur Ruhe kommen, die Geburt war auch für sie nicht einfach. Sie krümmt sich, bestimmt wegen der Verdauung. Vielleicht liegt es an der Milch, was, wenn sie nicht gut genug wäre, ihr Kind zu ernähren, sie gerät in Panik. Legt sie wieder an die Brust, die Kleine regt sich schnell auf, kriegt die Brustwarze nicht zu fassen, verliert sie, macht seltsame Laute mit den Lippen, sie schläft nicht ein, hat die Augen offen, hält sogar Blickkontakt, entspannt sich nie, ihr Körper windet sich wie ein Wurm, verkrampft und verknotet sich.

Es ist ihr erstes Kind, bestimmt macht sie sich unnötig Sorgen. Sie wandert stundenlang durch die Gänge der Klinik, liest die Zahlen an den Zimmertüren, schaut die schlafenden, zufriedenen Babys mit den hochgelegten Ärmchen an, sie gibt ihr Bestes, um ihr kleines Nervenbündel zu beruhigen, aber im tiefsten Grunde weiß sie Bescheid. Sie weiß, dass die Kleine etwas in sich trägt, das alle auf der Seite ihres Mannes in sich tragen, etwas, das man nicht benannt hat.

Eine Art Zerbrechlichkeit ist es, die den Mann trinken und zu viel arbeiten lässt. Sie dachte, Vater zu sein, würde ihn verändern, ihn stärker und präsenter machen, aber nein. Um ihre Kleine nicht allein großzuziehen, verbringt sie viel Zeit auf dem Hof, kehrt schließlich zu ihren Eltern zurück.

*

Noch nie hat man ein solches Kind gesehen, das nichts runterbringt, das kein Essen mag, nicht einmal etwas mit Kartoffeln, mit geschmolzenem Käse, mit Zucker. Für Omama ist Essen das Wichtigste überhaupt, Kochen ist ein Liebesbeweis. Deshalb betrübt es sie zutiefst, die Kleine stundenlang vor ihrem Teller zu sehen, wie sie alles sortiert, die Ränder vom Fleisch schneidet, weil sie ihr zu hart sind, jeden kleinsten Nerv entfernt. So gutes Fleisch, von den Tieren des Hofs, die hier groß geworden sind, die eine ganze Landschaft abgegrast haben, ein Leben lang. Und sie, sie macht daraus kleine

Häufchen, stochert im Fleisch, schneidet die Borten weg, drückt darauf herum, damit der Saft austritt. Ihr Fleischstück sieht aus wie die Häkelarbeit der Urgroßmutter, ganz durchlöchert, sie pickt winzige Stückchen heraus. Man sieht wohl, dass es keine böse Absicht ist, dass sie einen zu empfindlichen Gaumen hat, aber trotzdem, die ganze Familie ist es, die sie zerlegt, die sie auf ihrem Teller zerpflückt. Die Arbeit eines ganzen Lebens macht sie kaputt, spuckt sie aus, kriegt sie nicht runter, all diese Liebe, die sie sich zu schlucken weigert, das ist es, was im Herzen wehtut.

*

Was hat das Kind nur, dass es ständig heult?

Man klopft ans Barometer. Wenn es endlich regnen würde!

Komm, hör auf zu schniefen, du weißt ja gar nicht mehr, warum du weinst. Omama zieht ein Taschentuch aus dem Ausschnitt. Wisch die Tränen ab, jetzt reicht's.

Man klopft ans Barometer, schaut, woher der Wind bläst, wartet auf den günstigen Mond. Wenn es endlich regnen würde! Man hat die Wiese noch nie so trocken gesehen. Und die Quelle? Was ist, wenn sie versiegt. Keine Angst, das ist noch nie passiert.

Was hat die Kleine nur? Mit ihrem Kummer kann

man den Garten nicht wässern. Sonst wäre man die Sorge los. Es bräuchte einen leichten Regen. Aber jetzt wird es schütten. So ist es oft hier oben, man ist den zuckenden Blitzen ausgesetzt. Es kracht, dass das ganze Haus zittert: Die Läden werfen sich gegen die Mauer, die Kinder an die Mutter. Das Gewitter wütet, lauter als die Kleine.

Bis es sich schließlich beruhigt.

Der Onkel, der Schwiegersohn von Opapa und Omama, macht einen Rundgang über die Weiden. Zwei stocksteife Kühe liegen unter den großen Bäumen. Verdammter Mist.

Was? Nicht vor nächster Woche? Aber da beginnen sie zu stinken, aufzuquellen, Aasfresser anzuziehen. Kannst du den Abdecker nicht noch mal anrufen und ihm Beine machen? Wenn die Kleine das sieht, hört das Weinen gar nicht mehr auf.

Weißt du noch, letztes Mal, als sie überzeugt war, dass ihre Wut die Tiere erschlagen hätte.

*

Man geht mit der Kleinen zu Heilern, zu Hexern. Man reibt sie mit Speckschwarten ab, vergräbt die dann tief in der Erde, man lässt sie ihr Leid malen und verbrennt es in einem großen Feuer, man sagt, das funktioniere, das helfe loszuwerden, was einen plagt. Die Kleine trinkt Kräutertee, aus Pflanzen, die extra dafür gewachsen sind. Sie hat einen Termin bei einem Heiler, der seine Hände über ihren Körper wandern lässt, wie eine Massage, aber ohne sie zu berühren. Er fängt mit den Gedanken die Dämonen der Kleinen ein, und danach muss er gähnen. Er erklärt, dass alles wieder aus seinem Mund herauskommt und sich dann auflöst. Er gähnt und gähnt und hört überhaupt nicht auf zu gähnen. Unglaublich, wie viele Dinge da rausmüssen! Sie soll wiederkommen, es braucht weitere Sitzungen, um sie ganz zu reinigen, zu besänftigen. Der Mann öffnet das Fenster, damit alles, was aus ihr herausgekommen ist, aus dem Zimmer verschwindet.

*

Sobald etwas nicht so läuft, wie sie es sich vorstellt, bekommt sie einen Anfall. Es kocht über ohne Vorwarnung. Ihre Wutausbrüche treiben Risse in den Rigips, mit den Händen reißt sie sich büschelweise Haare aus, ihre Nägel kratzen über die Haut, ihr Kopf wirft sich hin und her, wie besessen wiederholt sie einen Satz. Es muss raus, es muss fließen, hervorbrechen. Ihre Seelennot schwillt an, schwappt aus dem Zimmer, rinnt von oben ins untere Stockwerk. Ihre Eltern wissen nicht mehr, was sie tun sollen, es steigt aufgrund des Röhrenprinzips auch in ihnen auf. Das Kind gibt eine Traurigkeit zurück, die es von ihnen hat. Man weiß nicht recht, woher sie kommt, aber sie zieht sich durch die Familie, die Schwestern ihres Vaters haben sie auch und haben sie bestimmt von noch weiter oben geerbt. Die Schwermut überträgt, vervielfältigt, kopiert sich, es gab wohl viel Druck aufs Kohlepapier, dass das so durchschlägt, dass es auf allen Blättern Spuren hinterlässt.

Sie hat die Schwestern ihres Vaters nie kennengelernt. Es beunruhigt die Mutter, dass sie auf die Kleine abfärben, dass es sich einfrisst, dass es Flecken macht, nicht mehr weggeht.

Ihre Mutter erträgt keine Flecken, sie benutzt Tischdecken, Bezüge, Untertassen. Es darf auf keinen Fall etwas schmutzig werden. Alles steckt in Hüllen, Schränken, Mäppchen. Manchmal hebt sie das Wachstuch an, nur um zu bewundern, wie unversehrt es darunter bleiben konnte. Was ist er doch schön, dieser Tisch. Sie legt einen Gummischoner, eine Unterlage, ein zweites Tischtuch darüber. Auch mit der Kleinen ist sie lieber vorsichtig, will sie schützen. Sie hat die Schwestern gesehen, wie der Wahnsinn sie entstellte, wie ihr Blick sich verlor. Wie sie nichts mehr ertrugen, weder Licht noch Lärm, glaubten, die Welt sei dazu erfunden worden, sie zu verfolgen. Sie will das Kind abschirmen, es fernhalten hinter den Bergen, die die Spritzer abhalten, vermeiden, dass es durchdrückt. Sie macht alles, um die Schwestern zum Verschwinden zu bringen. Aber ohne sie zu kennen, ahmt die Kleine sie nach. Das übersteigt Berge, Mauern, Tischdecken, den Verstand. Das überfordert die Mutter.

Es ist sinnlos, sie schützen zu wollen, da gab's von Anfang an Flecken, irgendwo im Innern.

Die Kühe haben auch Flecken. Es gibt sogar eine, die man »Hudel« nennt. Omama benutzt dieses Wort für dreckige Lappen, abgewetzte, zerlöcherte Hemden und Blusen, die schon zu lange im Gebrauch sind, als dass man sie noch flicken könnte. Aber bei der Kuh gibt's gar keine Abnutzung, keinen Schmutz, sie ist so geboren worden, diese Kuh, mit ihren Klecksen, ihren Rissen im Weiß. Wenn die Kleine ihr Fell anschaut, sieht sie Kontinente. Das erinnert sie an die Weltkugel, die sie in ihrem Zimmer hat, an neue Länder, Meere. Um die Kuh herumgehen heißt sich auf die Reise machen. Auf ihren Flanken sind kleine Inseln, ein Archipel von Sommersprossen. Wie gemalt vom selben Künstler, der die Schultern ihres Vaters gesprenkelt hat. Pointillismus. Niemand sieht die Schönheit, niemand sieht, dass diese Kuh kein alter, schmutziger Lappen ist, sondern ein Bild, ein Durchbruch zur Welt, ein Fluchtversprechen.

Die Ähnlichkeit

Die Kinder, die Babys, nennen sie »Böhnchen«. Und es stimmt, sie sind kleine Bohnen, kleine Welten. Sie haben etwas von ihrer Mutter, etwas von ihrem Vater, etwas von den Großeltern und von den Urgroßeltern, etwas von denen, die gestorben sind vor so langer Zeit. Kleine Bohnen. Tragen alles in sich, was man ihnen weitergegeben, vor ihnen versteckt, für sie erfunden hat. Alles. Sie sind Bündel aus Geschichten, Schweigen, Gefühlen, Genen, Zellen. Collagen aus Lippen, Ohren, Blicken, Brauen, Linien und Gerüchen. Streitereien, Geheimnissen, Versöhnungen.

Es ist nicht immer einfach, eine kleine Bohne zu sein, so viele Geschichten, so viele Leute in sich zu tragen, sie zum Schweigen zu bringen, um noch etwas Eigenes für sich zu erfinden.

Die Mütter

Die Mutter der Kleinen sitzt der Omama gegenüber und isst. Ein Stelldichein mit ihren eigenen Schwächen, mit dem, was zu werden sie sich weigert. Ich sage dir doch, das geht dich nichts an, immer musst du dich überall einmischen. Das hört sie auch von ihrer Tochter. Die Mutter regt sich über die Omama auf, nimmt ihr übel, dass sie selber auch so ist, so, wie sie nicht sein möchte. Statt mit ihrer Mutter sitzt sie mit den eigenen Unzulänglichkeiten hier am Tisch, mit all dem, wogegen sie ankämpft. Omama schöpft ihr nach, dabei wollte sie nicht noch mehr, das tut sie jedes Mal. Stopp. Omama hört nicht, füllt den Teller randvoll, es läuft über. Ich sage dir doch, dass ich genug habe. Es stimmt, sie hat genug von den Ähnlichkeiten mit der Omama, sie ist wirklich bedient, jetzt reicht es aber, den Rest soll sie dem Hund geben, der vor der Tür wartet und ganz wild darauf ist. Die Mutter könnte den Teller, den Tisch umstoßen, weggehen; aber nein, sie bleibt da und ärgert sich über ihre Fehler, schaut ihr Selbst an, schaut dahin, wo es schlecht geht, will, dass die Omama sich Mühe gibt. Als ob, ihre Mutter zu ändern, sie selbst ändern würde, als ob es auf diese Art funktionierte. Die Mutter seufzt, ist genervt, hebt die Augen zur Decke, erträgt sie nicht. Aber sie kommt immer wieder rüber, kümmert sich um ihr schlechtes Ebenbild, gibt ihr den Arm, zieht ihr den Mantel an, fährt sie zur Friseurin. Hast du gesehen, wie gut mir das steht? Fast der gleiche Haarschnitt wie deiner. Jetzt ahmt die Omama sie also nach, hat dieselbe Frisur, paust die jugendlichen Züge der Tochter ab, hängt sich an ihren Arm wie an eine Erinnerung ihrer selbst. Wie sie hinkt, ihre Doppelgängerin, wie gebrechlich sie ist, wie taub. Wenn die Mutter der Kleinen genervt ist und der Omama Worte sagt, die sie später bereut, hört nur sie sich sprechen. Ihre Stimme, die zu ihr zurückkommt, lässt sie auf sich selbst horchen, es tut ihr weh, sich das sagen zu hören.

Sie erinnert sich, wie Omama sich einst um ihre eigene Mutter kümmerte, für sie kochte, ihr half, die Klammern in den Haarknoten zu stecken, sie vielleicht nicht ertrug, ihr das aber nicht sagte. Oder dann ging es vergessen.

So eine großzügige, liebevolle Frau wie die Omama gibt es nicht noch einmal. Angeblich gleichen sie einander. Omama ist ergreifend, von hinten gesehen, wie sie in ihren Töpfen rührt, wie sie so tut, als hätte sie nicht gehört, dass ihre Tochter nur auf einen Sprung hereingekommen ist.

*

Draußen verabreden sich die Kinder, schwärmen aus in die Wälder, schlängeln sich zwischen den Bäumen durch, suchen einen Ort, wo sie sich Hütten bauen wollen. Hier ist es gut. Bist du sicher? Es gibt schon ein Dachfenster, da, vom Astwerk erfunden. Sie haben ein paar Paletten mitgebracht, das sind die Wände. Kinderhände halten Latten, schlagen Nägel ein, machen Knoten. Und für das Dach könnten wir Ginster flechten, ich weiß, wo es ganz viel davon gibt. Die Kleine zeichnet Pläne in ihre Hefte. An Ideen fehlt es ihr nicht, sagt die Omama. Man könnte ein Zimmer für den Hund bauen, ein anderes für die Katzen. Die Schubkarre quietscht, das ist die andere Gruppe, die Wasserhähne ohne Wasser, Töpfe ohne Boden, Dosen ohne Konserven bringt. Die Alten werfen all das hinter den Hof, um das Geröll zu füttern, als ob der Berg sich aus ihren Abfällen ernähren könnte. Die Kinderhände fischen in diesem wilden Haufen, wühlen sich durch die Klumpen, fördern Alteisen zutage, entdecken kaum verborgene Andenken in den Spalten. Sie lassen den Boden speien, die Steine spucken. Ein Schuh, der seinen Zwilling verloren hat, Traktorensitze, viele Pfannen, Kessel, Dinge, die die Alten überdauert haben. Die Eltern haben ihnen verboten, dorthin zu gehen. Es ist der Ort, wo der Onkel die toten Tiere hinwirft, wo sie aufquellen und ihrerseits darauf warten, dass der Berg sie frisst. Oder eher der Fuchs, die Raubvögel, man weiß es nicht genau. Da ist es gefährlich, Kinder, da wird man gebissen, in den Löchern und Höhlen wimmelt es nur so von Vipern, außerdem werdet ihr euch die Knöchel verstauchen. Aber die Versuchung ist zu groß, die Steine zu befragen, in der Vergangenheit zu wildern, die Schubkarren damit zu füllen.

Die Kinder decken den Tisch, kochen in den rostigen Töpfen Suppen aus Moos, aus Kieselsteinen, aus Holzstückchen. Es riecht gut. Man kann die Gäste holen gehen. Tante, Onkel, Omama und Opapa setzen sich auf die Baumstümpfe, der Hund probiert sein Zimmer aus, es scheint ihm zu gefallen. Den Eltern aber gefällt es nicht, als sie erraten, woher all die Töpfe und Wasserhähne kommen. Sie schimpfen heftig, und die Kinder müssen versprechen, es nie wieder zu tun.

Dann schlürfen die Gäste die Suppe, schütten sie auf den Boden, ist die aber gut! Sie machen alles, als wäre es Sonntag, streiten sich, singen, trinken Kaffee. Schon müssen sie zurück, um die Tiere zu füttern. Die Kinder winken ihnen nach zwischen den Wänden aus Paletten, als wohnten sie hier, als würden sie heute Abend im Wald schlafen, als wären sie groß genug geworden, um von ihnen fortzugehen. Und es stimmt, sie sind groß in ihrem kleinen Haus, wo sie sich hinhocken müssen, um nicht das Dach kaputt zu machen.

Los, es wird dunkel, ihr müsst nach Hause. Ihr werdet noch von den Wildschweinen gefressen.

*

Die Eltern fürchten, dass die Kinder eines Tages nicht mehr zurückkehren werden, dass keines von ihnen den Hof übernimmt, dass sie alle fortgehen, in den Tälern unten leben, dass sie sich streiten, scheiden lassen, dass die Familie zerbricht, so wie der Fels zerbricht. Die Landschaft reißt auf, der Basalt wird brüchig, die Blöcke lassen einander los, überlassen sich den Hängen, stürzen einsam hinab. Wie traurig sind diese Berge, die zum Hof hinunterschauen und Steine weinen.

Die Mutter der Kleinen ist wachsam, sie späht nach Rissen, verhindert jedes Zittern. Sie sagt, der Berg zerbreche, weil er sprechen wolle, weil er den Mund zu weit aufreiße, die Klappe nicht halten könne. Deshalb fordert sie, wenn es laut wird, wenn man anfängt, sich Dinge an den Kopf zu werfen, sofort Ruhe. Die Kleine versucht, alles für sich zu behalten, zu machen, was man von ihr verlangt, aber es schießt aus ihr heraus, ohne dass sie es will, es bricht auf; ihr Berg zerfurcht sich vor lauter versuchtem Schweigen. Zwischen ihr und ihrer Mutter ist es schwierig, ihre Anstrengungen sind gegenläufig. Die eine friert ein, die andere taut auf. So geschieht es, dass Familien zerbrechen.

*

Bleibt in der Nähe, spielt lieber beim Hof, damit wir euch im Auge haben. Die Kinder klettern in die alten Autos unter den Tannen, einen Katzensprung von der Hoftür entfernt. Der Größere steigt vorne auf der Fahrerseite ein, die Kleinen sind hinten. Sie wollen in die Ferien fahren. Sie haben das Meer noch nie gesehen. Im Sommer, mit dem Heu, mit den Tieren, ist es unmöglich, an die Küste zu fahren, nicht mal für ein paar Tage. Und was würden sie dort auch machen? Die Kinder bekommen Postkarten von ihren Kameraden. Ich spiele in den großen Wellen, und die Sonne scheint. Los, wir heben ab Richtung Strand. Omama schaut von Weitem zu, hat ein Auge auf sie. Ist euch nicht kalt? Sie verbringen den Nachmittag im Lieferwagen, macht nichts, wenn er keine Räder hat, wenn Farne und Weidenröschen im Innern wachsen, wenn die Sitze voller Moos sind. Das ist egal. Egal, dass es nicht vorwärtsgeht. Die Kinder wechseln sich ab mit Fahren, und die Eltern können noch so rufen, damit sie zum Essen kommen, sie hören sie nicht mehr, sie sind schon weit weg.

Die Tante und die Mutter der Kleinen erfanden auch Reisen in ihrem Alter. Da war es noch glaubhafter: Die Karosserie war nicht so rostig, die Natur hatte sich noch nicht im Innern breitgemacht. Dieser Lieferwagen enthält ihre ganze Kindheit. Sie brachten Freunde mit, küssten sie auf der Rückbank, rauchten ihre erste Zigarette und stellten sich dabei vor, über die Autobahn zu rasen. Aber weder sie noch der Lieferwagen haben je das Meer gesehen. Dabei ist es gar nicht weit weg. Wenn sie in Rente sind, werden sie vielleicht einmal bei einer Gruppenreise mitmachen.

Wird er später noch da sein, dieser Lieferwagen? Werden die Kinder der Kinder darin bis an die großen Strände der Camargue fahren? Seht nur, wie er in der Landschaft versinkt, bald wird man vorne und hinten nicht mehr unterscheiden können, nicht mehr sagen können, ob er gerade wegfährt oder zurückkommt. Der Wald wächst im Innern, treibt Erinnerungen, Unkraut breitet sich anstelle der hübschen Jungs auf der Rückbank aus. Die Wurzeln verbünden sich, lassen sie nicht wegfahren, den Lieferwagen nicht und auch nicht die Kinder darin.

*

In der Küche, da spricht die Mutter der halb großen Kleinen davon, was sie alles zu tun hat, sie macht Listen, wiederholt sie laut, das letzte Wort knüpft wieder ans erste an, es entstehen Schleifen, wird unendlich, ihr ist ganz schwindlig. Sie geht zur Omama, sie tauschen ihre Listen aus, lassen sie anschauen, beruhigen sich gegenseitig. Der Haushalt, die Wäsche, das Bügeln, die Mahlzeiten, die verfluchten Mahlzeiten, die dreimal am Tag wiederkommen, dreiundneunzigmal im Monat. Sie haben die gleichen Listen, die gleichen Plagen. Glaubt ihr, das alles erledigt sich von allein? Und die halb große Kleine, die alt genug wäre, ihnen zu helfen, die ihnen aber nicht hilft. Sie können ihr noch so zeigen, wie man die Toiletten putzt, wie man Essen kocht. Du könntest wenigstens den Tisch decken, alles muss man dir sagen. Wie soll das gehen, wenn du heiratest? Er tut ihnen jetzt schon leid, der arme Mann, dem ihre Kleine beschieden ist. Sie sieht nicht, wenn es schmutzig ist, der Kopf steht ihr nicht danach. In diesem Kopf macht auch sie Listen, aber mit unnützen Wörtern, Träumen, Ideen, die sie dann in Hefte schreibt. Sie wird nie einen Haushalt führen können, das kommt zu den Sorgen der beiden dazu. Denn auf der Rückseite der Liste mit der ganzen Hausarbeit steht die Liste mit den Sorgen. Die ist noch länger und verschlungener, mit ihren Lassos und Tentakeln möchte sie die Kinder umarmen, erstickt sie aber. Die Liste ist eine aus dem Bauch der Mütter gekrochene Boa, die sich um die Kinder schlingt. Abends öffnet die halb große Kleine die Fenster, bringt das Haus zum Gähnen, lässt die Schlangen frei.

Nattern, Vipern gibt es massenhaft hinter dem Hof, sie haben abgestreifte Häute gefunden. Opapa hat sie gelehrt, fest mit dem Fuß aufzustampfen, um sie zu verjagen. Wenn sie im hohen Gras spielen, bringen sie den Boden zum Beben, sie treten und springen. Ihr werdet noch gebissen werden, bleibt da, wo gemäht ist. Aber sie haben gar keine Angst. Sie haben welche gesehen, die in der Sonne schliefen, auf dem Felsen, sie haben sie von Nahem beobachtet. Sie wussten nicht, dass sie so lange liegen bleiben können, ohne sich zu bewegen. Inzwischen kriechen die Sorgen der Mütter weiter, schwellen an, machen keinen Winterschlaf, folgen ihnen nach bis in die Schule, halten sie am Arm zurück.

Wenn der Opapa einer Schlange begegnet, so tötet er sie, er überlegt nicht lange.

Schaut, Kinder, wir könnten sie den Hühnern geben. Also wirft die Kleine den langen Schwanz in den Hühnerhof, sieht zu, wie die Schnäbel ihn aufteilen, sich darum streiten, mit einem Ruck alle Angst verschlingen.

Der Schwager

Der Nachbar beschuldigt den Hund, seine Schafe zu reißen. Den Hund mit so braver Miene, seinen hängenden Ohren, die wie zwei Affenschaukeln aussehen, der großen Zunge, die immer draußen ist. Dieser Tollpatsch von Hund, den der Onkel gekauft hat, um mit ihm auf die Jagd zu gehen, der aber nicht jagt, der ihm überallhin folgt, der mit den Kindern aufgewachsen ist und bei den Katzen schläft. Ein nicht kastrierter, nicht angeketteter Hund, ein Jagdhund noch dazu, so was rennt herum, so was kann gefährlich werden. Ihr, ihr findet ihn süß, aber ich habe euren Hund gesehen, wie er sich an meinen Lämmern vergriff. Es stimmt, der Hund hat seine Macken. Wenn er nicht mag, dann mag er nicht und kann böse werden. Er hätte fast den Pfarrer gebissen, aber das brachte die Kinder zum Lachen, denn sie mochten den Pfarrer auch nicht besonders, er kam oft und blieb und aß, und das war mit der Zeit ein wenig aufdringlich. Dieser Hund versteht alles hinter seinen großen Ohren, er denkt nach, er hat kluge Augen. Aber vielleicht hat der Nachbar ja recht, vielleicht ist er verrückt geworden, jetzt, da er Blut geleckt hat, wird er vielleicht die ganze Herde auffressen, wenn man nichts unternimmt.

Der Onkel hat ihm die langen Ohren vor den Augen zusammengebunden, um seinem so menschlichen Blick nicht zu begegnen, und hat ihn mit dem Gewehr erschossen, seinen Hund.

Das war wirklich nicht einfach, aber was sollte er tun? Dieser Hund, der alles verstand und der Teil der Familie war, den konnte der Onkel doch nicht einsperren, anketten, die ganze Zeit im stockdunklen Stall lassen.

Einmal war es ihm passiert, dass er eine Kuh töten musste, sie hatte die Tante angegriffen, sie ins Krankenhaus gebracht und hätte die Kinder fast zu Waisen gemacht. Omama hatte sehr geweint. Ein Mann war gekommen, die Kuh zu holen, er musste ihr die Augen verbinden, um sie dazu zu bringen, in seinen Lastwagen zu steigen. Etwas im Kopf der Kuh war durchgedreht: Sogar zu den anderen Kühen war sie aggressiv geworden. Im Anhänger schlug und krachte es, der Onkel fürchtete, der Wahnsinn stoße durch das Blech, aber erleichtert sah er sie wegfahren und am Ende der Straße verschwinden.

*

Wenn das bei einem Menschen passiert, dass etwas nicht stimmt, ist es schwieriger, man kann ihn nicht verschwinden lassen. Omama weiß das. Sie lebt mit ihrem Schwager. Er hat ein eigenes Zimmer, es ist direkt hinter der Küche versteckt, aber das bringt ihn nicht zum Verschwinden. Sein Schnarchen dringt durch die Wand, und es ist nicht einfach, zuzuschauen, wie der Schwager nichts tut, während der Opapa sich abrackert, zu sehen, dass er wie ein Kind die Holzpfosten der Zäune ausreißt, die der Opapa die ganze Woche lang gesetzt hat. Er ist krank, man weiß nicht recht, was er hat. Zurückgeblieben, sagt man. Er konnte nie arbeiten oder eine Frau finden, die das ertragen hätte. So erträgt ihn die Omama, sie gibt ihm die Reste, liest ihn im Flur auf, wenn er zu viel getrunken hat, das ist nicht lustig für sie, aber als sie auf den Hof kam, wusste sie, dass sie sich damit abfinden musste, dass sie, wenn die Eltern nicht mehr da sein würden, auf dieses Kind aufpassen musste, das stehen bleiben würde. Auf diesen »Dämel«, wie man ihn im Dorf nennt.

*

Von hinten könnte man den Opapa und seinen Bruder verwechseln, sie tragen die gleichen Kappen, die gleichen Blaumänner, auch wenn nur einer von beiden arbeitet. Aber die Haltung ist anders. Opapa ist stolz, ragt hoch auf, senkrecht wie die Streben, die die Bohlen unter den Traktoren stützen. Man sieht es, sogar von Weitem, dass er der Solidere ist, der Kräftigere. Es scheint, als wäre das Absicht, als hätten die Eltern ihn gezeugt, damit sein Bruder sich anlehnen kann. Der ist ganz wackelig, er weiß nie, was er mit seinen Armen anfangen soll, er lässt sie baumeln, und es sieht aus, als wären sie abgehängt. Vor lauter Auf-den-Boden-Schauen hat sein Rücken die Form seiner Schüchternheit angenommen, er ist in sich zusammengefallen. Er geht so verdreht, wie es in seinem Kopf ist. Er hat Augen, die nach innen schauen, die sich an niemanden heften, die nicht sehen, was Opapa und Omama für ihn tun. Die beiden Brüder gleichen sich, aber man kann sie nicht verwechseln, der eine arbeitet auf freiem Feld, den andern versteckt man lieber im Hinterzimmer.

*

Soviel man weiß, hat er nie eine Frau gehabt. Nicht einmal eine für mal so, die ihm erklärt hätte, wie es geht. Jetzt ist er aus dem Alter raus, und wenn er zum Tanz kommt, dann nicht wegen der Frauen, sondern wegen des Trinkens. In seinem Kopf ist er ein Kind geblieben. Ihr könnt euch denken, dass es nicht einfach ist, wenn es einen so großen Altersunterschied gibt zwischen dem Körper und dem Inneren.

Omama findet es schon etwas gefährlich, dass er auf die Jagd gehen darf. Bis jetzt hat er keinen Unfall verursacht. Er bringt Fasane, Wiesel, Füchse und Hasen nach Hause und hängt sie an seine Zimmerdecke. Eine Frau ertrüge das nicht, aber darauf hat er ja verzichtet. Man hört seine tiefe Stimme ganz alleine sprechen hinter der Wand. Achtet nicht darauf, Kinder, das ist wegen der Einsamkeit, wisst ihr. Aber eines Tags hat Omama, als sie ihm Gemüse brachte, gesehen, dass ihm gegenüber ein Fasanenweibchen auf dem Tisch saß, ein lebendes, das er nicht getötet hatte, mit Federn, Flügeln, einem Schnabel, und dass er mit ihm gesprochen hat. Der arme Mann. Sich in eine Fasanin vernarren, sie auf seinen Stuhl steigen, von seinem Wein trinken lassen. Omama war sich sicher gewesen, dass er ins Leere sprach, und sie war fast beruhigt, dass da ein lebendiges Wesen war, um ihm zuzuhören. Auch wenn es eine Sauerei ist, so ein Tier scheißt überallhin. Doch es hat Augen, um den seinen zu antworten, und das war ihm noch nie passiert. Nun wissen Omama und Opapa nicht recht, was sie davon halten sollen. Seit er mit seiner Fasanin lebt, vergisst er fast, sich zu betrinken.

Sie schaut ihn an mit Augen, die immer einverstanden sind, die nicht über ihn urteilen. Braune Perlen, rot umrandet.

Dem Schwager passt es gut, dass sie nicht spricht. Er hat nie gewusst, was er den Frauen sagen könnte. Er hat im Allgemeinen nicht gewusst, was er mit den Leuten reden soll. Er fährt ihr mit seinen dicken Fingern durchs farbige Gefieder, hebt sie hoch und legt sie zwischen seine Schenkel, um sie von noch näher zu bewundern. So bleibt er ganze Nachmittage lang im Schatten der Hagebuche und hätschelt seine Fasanin, während die anderen schuften.

Seine großen Hände sind also zu Zärtlichkeit fähig, wer hätte das gedacht. Wenn man sieht, wie er mit seinem Hund umgeht, den er ständig anschreit, ihm mit dem Stock droht. Das Tier ist böse geworden, weil es auf ihn getroffen ist. Die Kinder verbringen Tage damit, dem Hund nachzulaufen, zu versuchen, ihn in eine Stallecke zu drängen, um ihn dort zu streicheln. Aber sie werden nie wissen, ob er ein weiches Fell hat. Er knurrt, zeigt die Zähne und kriecht unter die Traktoren, wo man ihn nicht zu fassen kriegt.

Der Waise

Die Kleine öffnet die Schublade des Buffets, die mit den Familienalben. Sie kann sie sich stundenlang anschauen, sich vorstellen, wie es früher war.

Ist das der Opapa? Man erkennt ihn kaum, wie schön er war! In dem Album hier wurden die Fotos alle am selben Ort aufgenommen, hier vor der Fassade. Es sieht so aus, als zeichneten die schwarzen Steine rund um die Gesichter andere Köpfe in die Mauern, diejenigen der Vorfahren, Umrisse von Unbekannten. Wer ist eigentlich dieser Knirps da, den die junge Omama an der Hand hält? Er ist einen ganzen Kopf kleiner als die beiden Mädchen. Schau, das ist er auch, da beim Stall. Wirklich? Ich erkenne ihn gar nicht. Ah doch, vielleicht an seinem hellen Blick.

Es scheint, als schaue der Junge den Schwalben zu, wie sie auf dem Stallbalken nisten, ihr Sommerhaus aufhängen, in dem sie Zuflucht suchen, bei den Kühen und denjenigen, die sich um sie kümmern.

Wie man sieht, auch er hängt am Hof, sagt die Omama. Schau nur, wie er sich an Opapa klammert, auch wenn er nicht sein Vater ist, wie er meinen Arm festhält, auch wenn ich nicht seine Mutter bin. Die seine war gestorben, sein Vater noch nicht, aber es kam aufs Gleiche raus. Der arme Wicht. Er war immer fleißig, weißt du. Hier lernt er Traktoren reparieren, heuen, Holz heimführen, die Tiere füttern, den Stall ausmisten.

Er war ständig mit Opapa zusammen und machte alles genau wie er, man könnte ihn für seinen Sohn halten. Auf diesem Foto sieht man es gut.

Sie haben den gleichen Gang, den gleichen schüchternen Blick, der nach unten flieht, die gleichen von Omama gestrickten Pullover.

Der Junge macht alles wie der Opapa, auch noch als junger Mann.

Der lässt es geschehen, schenkt ihm seine Züge.

Er hätte gern einen Sohn gehabt.

Man braucht Vorbilder, Vorlagen, die man abpausen kann, Menschen, die sich als Modell hergeben. Auch die Kleine braucht eine Vorlage, wenn sie zeichnet. Sonst ist es schwierig, etwas zu erfinden, sich zu erinnern an die Form eines Lächelns, daran, wie ein Arm, ein Fuß sich bewegt, an die genaue Farbe der Haut, wenn sie erregt ist.

Dieser Junge ohne Vorlage hat sich bestimmt immer Eltern gemalt, mit Augen, einer Nase, einem Mund und Ohren, mit einem Bauch, Beinen und großen Armen. Aber genauer kann man nicht werden, wenn man keine Eltern als Modell hat. Diesen Vater, diese Mutter hier hat er beobachtet, abgebildet, er weiß, wie ihre Lippen sich zusammenfügen, wie sich ihre Stirn runzelt, wenn sie beunruhigt sind, welches ihre Art zu lieben ist, und er macht alles genauso. Er hat diese Eigenarten, die er nicht hätte erfinden können, von ihnen übernommen. Dieser Vater, sein Schweigen, sein muskulöser, immer kerzengerader Körper; diese Mutter, ihre Rundungen, ihr lachendes Gesicht, ihre vom Wind geschminkten Wangen.

Omama erzählt, dass er immer Ställe zu den Häusern zeichnete, Kühe, Schiefersteine auf dem Dach, ordentlich geschichtetes Holz, lachende Kinder, die Alten auf der anderen Seite und immer Schwalbennester.

Im Übrigen beginnt es draußen kalt zu werden, sie werden bald zu warmen Gefilden aufbrechen, sie besprechen das auf den Drähten.

Die anderen Halbwüchsigen träumen auch davon, vor dem Winter auszufliegen, dem Schnee zu entkommen, der sie wochen- und monatelang gefangen hält, sie stellen sich ein eigenes Leben vor, nicht dasjenige der Eltern, sondern eins, das sie ganz allein erfinden konnten.

Das ist die Pubertät, das geht vorüber. Wenn sie dann sehen, dass es anderswo nicht besser ist, kommen sie zurück, werden Bauern, man will nie den Eltern gleichen, wenn man fünfzehn ist. Die Jugendlichen färben sich die Haare, ziehen andere Sachen an, löschen aus, was zeigen könnte, dass sie vom Land kommen. Sie helfen nicht mehr, die Kühe zu füttern, nur bleibt der Geruch in den Haaren, der Dreck unter den Nägeln hängen.

In dem Alter, da man sich nach Kräften wehrt, dem Vater nicht zu gleichen, hat der Bub das Gegenteil getan. Er hat alles drangesetzt, zu gleichen, dazuzugehören, damit man ihn nicht wegschickt, damit man vergisst, dass er nicht der Sohn ist. Gibt es Schwalben, die nicht fortziehen?

Die Wärme von Vater und Mutter, die Wärme von den Tieren und dem Heu, das war wie Sommer, man sieht ihm an, dass er gern geblieben wäre.

Hat meine Mutter diese Fotos von der Landschaft gemacht?

Es gibt nur einen einzigen Baum auf der Hochebene, er dient als Wegweiser. Er zeigt die Stelle an, wo man zur Straße abbiegen muss. Wenn Opapa durch seine

Wiesen geht, am frühen Morgen, wenn er die Fallen kontrolliert, die er aufgestellt hat, um die Maulwürfe zu fangen, hebt sich seine Gestalt gegen den Himmel ab. Das sieht aus wie ein zweiter Baum in der flachen Landschaft. Ein vertikaler Stamm, ein Markierungsstrich, aber der hier bewegt sich.

Ist das der Junge hinter ihm? Er ist ihm mit einiger Entfernung gefolgt. Es sieht so aus, als wolle er nicht auf Opapas Schatten treten, als erlaube er sich das nicht. Es ist nicht sein richtiger Vater, also lässt er so viel Abstand. Der Baum, Opapa als junger Mann und der Junge, das ergibt drei einsame Striche auf weitem Feld. Hast du gesehen, wie schön der Himmel ist. Dieses Bild sollte man einrahmen.

Die Kleine stellt sich den Opapa vor, wie er sich bückt, wie er mit den Händen in der Erde scharrt. Auch sie begleitet ihn manchmal, steht frühmorgens auf, um mit ihm durch die Wiesen zu gehen.

Kein Maulwurf in diesem Loch. Er muss es gar nicht sagen, der Junge sieht es ihm an. Er wartet, dass der Opapa sich wieder in Bewegung setzt, geht erst dann weiter. Ihre Arme schwingen im selben Takt. Gleiche Hose, gleiche Strickjacke. Man könnte meinen, man sähe doppelt.

Die Kleine stellt sie sich vor.

Diesmal haben sie einen erwischt, ein großes Biest. Einer weniger, der die Wiesen kaputt macht. Wenn man ihnen das Land überließe, gäbe es kein Gras mehr, man muss nur sehen, wie schnell das geht, wie sie die Erde aufwühlen, Gänge graben.

Der Junge hat begriffen, aus der Ferne. Opapa redet mit seinem Schweigen, außer es geht um die Tiere, den Hof und die Holzarbeit, da findet er Worte. Bis sie zurück sind, ist es neun Uhr, Omama hat die Wurst und die Käseplatte auf den Tisch gestellt, das passt gut zum Kaffee. Es klopft, Besuch kommt, Frauen, die über die Leute im Dorf und den Pfarrer plaudern wollen. Opapa macht das schläfrig, also bedeutet Omama ihm, er solle sich in seine Werkstatt verziehen. So läuft es damals noch.

Er baut dort Maschinen, um Möbel zu bauen, Möbel für seine Maschinen. Omama erzählt, dass der Junge der Einzige war, der die Werkstatt betreten durfte, weil er schwieg, in einer Ecke blieb, und weil sie sich so ähnlich waren, dass Opapa ihn vergaß und sich allein glaubte.

Schau ihn an. Opapa misst ab, hobelt, setzt die Brille auf, zeichnet Pläne, rechnet, wühlt in Metallkisten. Das macht Lärm, wirbelt Holzspäne durch die Luft und Sägemehl auf die Schuhe des Jungen. Aber der rührt sich nicht vom Fleck, er will nichts anderes, als dass der Vater, wie er ihn nennt, ihm seine Leidenschaft überträgt, dass es zu ihm überschwappt, die Schuhe darunter begräbt, sodass man sieht, dass sie zusammen Zeit verbracht haben. Auf diese Art sprechen sie miteinander, wenn sie sich mit Holzspänen eindecken, sich Heuballen zuwerfen, sich Messer hinhalten, an denselben Baum pinkeln, Scheite in dasselbe Feuer legen.

Die Kleine schließt das Album, hört auf, vor sich hinzuträumen. Omama hat genug geredet, vor allem genug Zeit verloren, man muss den Tisch abräumen, sie braucht Platz, um den Bohnen die Fäden abzuziehen und das Essen zu kochen.

*

Vom Hof aus erahnt man den Bus, die Touristen in der Ferne bilden Farbtupfer rund um den Berg, Farbtöne, die man hier sonst nicht findet. Leuchtgelbe Muster, die sich bewegen, klettern, flanieren, etwas suchen. Hier, am Fuß des Felsblocks, befindet sich die Quelle der Loire. Darum sind sie alle da, einen Fluss entspringen zu sehen, einer Geburt beizuwohnen. Am Anfang ist er winzig, ein paar dünne Rinnsale. Die Leute von hier nennen die Berge auch Säfte. Und was da zwischen den Phonolithen hervorperlt, wirkt tatsächlich wie der Saft des Bergs. Man sieht gut, dass die Lavamasse schwitzt, dass sie weint, dass sie ausscheidet, dass sie andauernd ihr Wasser verliert. Sie gebiert ohne Schmerzen, vor versammelten Fotografen. Manche sind enttäuscht, sie hatten wohl einen Sturzbach erwartetet, einen Wasserfall, einen starken Strahl. Sie hätten nicht gedacht, so weit gereist zu sein für ein paar Tränen im Geröll.

Der Junge ist kein Junge mehr, er ist jetzt erwachsen. Aber er ist immer noch Waise. Also kommt er so oft wie möglich zurück, um sich zu versichern, dass die Quelle noch fließt. Er wird nie enttäuscht, sie sprudelt immer noch. Omama versucht, all das aufzutischen, was sie ihm während der Wochen und Monate, in denen er fort war, nicht zubereiten konnte. Eine Überfülle, Wurst, Pasteten, Linsensalat, Braten in Sauce, Fleischklöße, Kartoffeln und Bohnen aus dem Garten, dazu noch Karotten und auch Reis, dann die Käseplatte mit Abondance, frischem Ziegenkäse, Blauschimmelkäse, Schafkäse, Joghurt. Lass noch etwas Platz für den Nachtisch, ich habe eine Obsttorte gebacken, und den Grießkuchen, den du so gern magst. Hoffentlich hast du genug gegessen. Sonst gibt's noch Eis im Gefrierfach. Keine Zeit, abzulehnen, sie ist es schon holen gegangen. Omama gibt ihm in einem einzigen Essen die ganze Liebe, die er nie bekommen hat, wie um die Ungerechtigkeit auszugleichen.

Holst du die Fotos, die wir uns gerade eben angesehen haben? Ich gieße den Kaffee auf. Auf dem hier hat die Kleine dich nicht erkannt.

Die Tiere

Es gibt im Schlafzimmer eine Tür, die führt in den Stall. Nur ein paar Holzbretter trennen das Bett der Eltern von dem der Kälber. Seit früher Kindheit haben sie gelernt, mit dem Geruch der Tiere zu schlafen, mit ihrem Muhen, dem Rasseln der Ketten, wenn sie sich kratzen, dem dumpfen Aufprall der Körper, wenn sie sich hinlegen, dem zischenden Urinstrahl auf dem Gitter, dem Klatschen der Kuhfladen auf den Platten. Das mischt sich mit Opapas Schnarchen, mit dem seines Bruders hinter der Wand, mit dem Schnaufen des Onkels, der Tante und der Mutter. Das schleicht sich in die Träume der Kleinen. Sie merken alle sofort, wenn die Kuh sie ruft, wenn sie sie braucht, um das Kalb zu gebären. Der Onkel springt aus dem Bett, öffnet die Tür. Sie verliert das Fruchtwasser. Am anderen Ende macht Opapa das Gleiche, symmetrisch. Das lässt durchblicken, man sieht die Kühe und zuhinterst die offene Tür, darin das Bett und die Omama. Er schafft das allein, du lässt die Kälte herein, verflixt noch mal. Aber Opapa hat Mühe damit, an seinen Schwiegersohn zu übergeben, es hält ihn jung, beim Herausziehen der Kälber zu helfen. Du machst dir die Schultern kaputt, komm, leg dich hin, lass ihn. Nichts zu machen, Omama deckt sich bis über die Ohren zu und schläft wieder ein. Am anderen Ende macht ihre Tochter zur gleichen Zeit das Gleiche.

Das Kälbchen ist da, es geht ihm gut. Opapa tut die rechte Schulter ein wenig weh, aber er wird nichts sagen. Sie können sich wieder hinlegen, die Türen können sich wieder schließen, die Zimmer wieder zu Zimmern werden.

Die Kleine hat auch ein Tier, das neben ihr wohnt, unter demselben Dach. Das erzählt sie, wenn sie sich nicht so gut fühlt im Kopf. Keine brave Kuh, die folgsam angebunden bleibt, muht, frisst, sich hinlegt. Nein. Ein größeres Tier, das gegen die Tür poltert, bis sie nachgibt, die Kleine schafft es nicht, es zu zähmen, zu streicheln, anzubinden. Könntest du es denn malen? Die Hand der Kleinen macht einen großen Wirbel, wie ein Tornado, mit ganz roten Augen. Ein so großes Tier, das nicht aufs Blatt passt und auf den Tisch überläuft. Das ist nicht schlimm, wir putzen es ab. Es sind Filzstifte, die man wegmachen kann. Aber ihr Tier, das lässt sich nicht wegmachen. Man muss lernen, damit zu leben, es nicht die Oberhand gewinnen lassen. Sie denkt an den Hund des Dämels, der immer die Zähne zeigt, an all die Zeit, in der man vergebens versucht hat, ihn zu zähmen. Einen so kleinen Hund ... und erst ein so großes Tier. Sie sorgt sich, dass sie damit nicht umgehen kann.

Manchmal können Opapa und Omama schwer erraten, ob es die Kühe sind, die ausschlagen, oder ob es der Körper des Schwagers ist, der hinter der anderen Wand hinfällt, weil er zu viel getrunken hat. Solange die Zwischenwände sprechen, muhen, miauen, schnarchen, beunruhigt sie das nicht. Schlimm wäre das Schweigen. Wenn man sie in andere Häuser einlädt, ängstigt sie das, dass nichts hinter den Wänden ist, kein Leben, das an dem ihren haftet, kein Geruch, der unter den Türen durchsickert.

Opapa sagt immer wieder, dass das Leben an dem Tag, an dem keine Tiere mehr da sind, keinen Wert mehr haben wird. Das beruhigt die Kleine ein wenig, auch wenn sie weiß, dass er nicht ganz die gleichen Tiere meint.

*

Opapa und Omama stürzen in den Stall. Da passiert etwas. Knurren, Flügelschlagen, Schreie. Lass los, verdammt. Der Hund hat die Fasanin im Maul, nichts zu machen, seine Verbissenheit lässt nicht locker, er schüttelt sie heftig, zermalmt sie zwischen den Zähnen, gibt sie nicht her, auch wenn sich nichts mehr bewegt. Sie ist tot, so viel steht fest, aber er hört nicht auf, sie gegen die Mauer zu schlagen, sie dafür büßen zu lassen, dass sie die ganze Liebe seines Meisters an sich gerissen hat. Eine Explosion von Federn und Blut. Ein Gemetzel. Der Hund hat die Fasanin massakriert. Die Fasanin des Schwagers, für die er so viel Zärtlichkeit aufbrachte. Er darf es auf keinen Fall sehen. Komm, Mutter, hilf mir, die Federn zu verstecken. Ein Blutbad. Verdammt. Seine Fasanin. Scheißhund. Man darf es ihm nicht sagen, er wird vor Kummer krepieren. Sein Hühnchen. Fort mit dir, Hund. Das wird er nicht überstehen. Verdammt.

Zum Glück kommt Omama eine Idee. Wir finden eine andere, ganz gleiche, mit hübschen Federn, wir setzen sie in den Flur beim Eingang, da, wo sie sich häufig hinlegt, er wird es nicht merken. Das kriegen wir hin. Die hier oder eine andere, das kommt nicht drauf an, solange sie Augen hat, ihn anzusehen. Sie tut das mit den Blumensträußen in der Kirche, sie ersetzt sie durch andere, bevor sie verwelken, das macht sie unvergänglich. Niemand merkt, dass die Blumensträuße ganz leicht ihre Farbe ändern. Opapa vertraut ihr. Aber trotzdem, Scheißhund. Zum Glück waren die Kinder nicht da. Die Kleine hätte die ganze Nacht kein Auge zugetan, sie hätte unentwegt davon gesprochen, das ist mehr als genug, um sie zu traumatisieren.

*

Sie ist das einzige Mädchen. Vielleicht ist sie deshalb so sensibel. So vermutet die Omama. Alles andere sind Jungen.

Was sie nicht daran hindert, es ihnen gleichzutun, hoch auf die Bäume zu klettern, mit dem Fahrrad Bremsspuren im Kies zu machen. Sie fürchtet sich nicht, Schnecken anzufassen, sie pinkelt manchmal sogar im Stehen.

Ihr Cousin hat häufig Freunde zu Besuch. Einer hat rosarote Wangen, sie weiß nicht, ob das immer so ist oder nur, wenn er mit ihr spricht. Einmal hat er ihr gesagt, sein Pimmel werde hart, wenn er mit ihr spiele. Die Kleine hat hingeschaut. Ja, stimmt. Komisch. Man musste mit den Eltern darüber sprechen.

Das bedeutet, dass sie dir gefällt. Es ist nichts Schlimmes.

Die Kleine hielt sich für einen Jungen unter Jungen, bevor dieser schnurgerade Pimmel sie daran erinnerte, dass sie keiner war. Sie hat das nicht, zwischen den Beinen, diesen harten Stängel, der sich mitten in ihre Freundschaft reckt. Diesen kleinen Anhang, dieses Fleischzünglein, nur ein paar Zentimeter, ein Riegel, der vorsteht und ihr den Weg versperrt. Nein, jetzt wird sie nicht mehr mit ihnen spielen können, ohne dass sie rote Wangen bekommen, ohne dass sie ganz schüchtern werden, ohne dass sich etwas in ihrer Hose regt. Einen Purzelbaum machen, vor ihnen auf die große Eiche klettern, das wird nicht mehr gehen, es würde sie ganz hart machen, wenn sie ihren Slip sähen.

Der Hund muss ihr ständig seine Schnauze zwischen die Beine stecken, seinen warmen Atem dahin blasen, wo sie nach Frau riecht, an der Mündung ihrer Schenkel sabbern. Sie findet es ekelig, dass seine Zunge überall im Stall herumwandert, sich an der Placenta labt, wenn das Kalb zur Welt kommt, Blut, Urin, Kuhfladen probiert, bevor sie sich zwischen ihre Beine drängt.

Opapa sagt, sie tun das, um Freundschaft zu schließen. Aber so macht der Hund ihr bestimmt keine Lust, nett zu ihm zu sein. Die Jungen lässt er in Ruhe, nur ihr stellt er nach, er klebt an ihr wie eine Klette. Da mag sie noch so die Beine kreuzen, ihn mit dem Stock schlagen, schimpfen, er kann offenbar nicht anders. Er hat es nicht unter Kontrolle.

Das hat er ihr auch erklärt, der Junge mit den rosa Wangen. Wenn sie nicht seine Freundin sein wolle, könnten sie sich nicht mehr treffen. Weil sich das nicht unter Kontrolle halten lässt und weil das etwas mit ihm macht, wenn er sie anschaut.

Sie hofft, dass es das nicht mit allen macht, dass sie sich jetzt nicht Mädchen zum Spielen suchen muss, dass sie nicht aus der Clique gejagt wird. Nur weil sich langsam ihre Brüste abzeichnen.

*

Omamas Schwester erhebt sich, alle sind still. Sie beginnt zu singen. Es sind ein paar falsche Töne dabei, das macht nichts, sie treffen ins Innerste. Man hätte sie fast für tot halten können, am Tischende, wie sie nichts sagt, nichts mehr versteht, mit ihren Haaren, ihren Ohren, ihrem Blick. Aber plötzlich vibriert es in ihr. Es zittert, es bebt, ist etwas ganz Fragiles, man fürchtet, dass es zerbricht, nicht bis zum Ende reicht. Man spürt, dass die Töne von weit her kommen, vom Grund ihres Alters, ihre neunzig Jahre durchqueren. Jeden Sonntag wartet man auf diesen Moment, dass sie lebendig wird, dass ihre so zarte Stimme bis zur letzten Strophe durchhält.

Jetzt ist der Onkel dran. Er hat ein lautes Organ, das braucht er auch, um seine Kühe am andern Ende der Weide zu rufen. Das trägt, erfüllt den Raum. Da kommen Worte aus seinem Mund, die er nicht benutzt hätte, die von Gefühlen sprechen, seine Frau neben ihm ist ganz gerührt. Solche Worte aus dem Mund ihres Mannes, das passiert sonst nie, außer am Sonntag. Er setzt sich wieder, senkt den Blick und kehrt sofort zu seinen Sorgen zurück.

Der Waise, der Beinahe-Sohn, ist mit der Tochter

zu Besuch, wie an seltenen Sonntagen, aber sosehr sie ihn auch ermuntern, er mag nicht singen.

Die Mutter der Kleinen steht auf, sie hätte zum Theater gehen können, das hat man ihr immer gesagt, sie steigt auf ihren Stuhl, singt das Lied mit dem ganzen Körper, lässt die Wörter zwischen ihren Brüsten hüpfen, wirbelt ein Kleid herum, das gar nicht da ist. Das ist den Heranwachsenden oberpeinlich. Wenn das so ist, gehen sie draußen eine rauchen und singen nicht. Und der kleine Cousin, kennt er ein Lied? Er geht sein Klavier holen. Kein richtiges, ein Spielzeug. Seine Hände schlagen auf die Tasten, sein Kopf wiegt sich hin und her. Er erfindet den Text. Als ich ganz klein war, saugte ich an den Brüsten von … Mama. Und als Mama ganz klein war, saugte sie an den Brüsten von … Papa. Und als Papa ganz klein war, saugte er an den Brüsten von … Omama. Und als Omama ganz klein war, saugte sie an den Brüsten von … wem? Schallendes Gelächter.

Nur Opapa lacht nicht, er versteht nicht mehr genug und merkt nicht, dass der Kleine die Brüste verwechselt wie er die Gesichter und Namen.

Ihr hättet an eurem Platz bleiben sollen, ich weiß nicht mehr, welche Tasse wem gehört.

Es wird bald dunkel, die Kinder gehen zu den Kälbern, um sie zu streicheln. Die Viecher strecken ihre große Zunge heraus, versuchen zu saugen, besabbern die Kinder, geifern auf ihre Hände, lutschen an ihren Fingern, glauben überall Zitzen zu finden. Sie sind noch nicht gefüttert worden. Der Onkel wird bald kommen, man hört seine Schritte auf dem Heuboden. Die Tante hat schon Licht im Stall gemacht. Wenn man Tiere hat, muss man sich sogar am Sonntag um sie kümmern. Sie muhen, rufen nach dem Kleinen, werden unruhig, es ist Zeit, die Gatter zu öffnen. Die ganze Familie schaut zu. Die Sonntagsvorstellung geht im Stall weiter. Und jetzt stürzen die Kälber herein, rutschen aus und fallen auf die Fliesen, stolpern übereinander, rennen in die Gänge, verwechseln die Mütter. Deine ist hier, sie wartet schon, hopp. Man muss das Euter wieder loslassen, noch ein paar Schlucke, man stopft sich voll, es rinnt, es schmeckt offensichtlich. Der Onkel stößt sie mit dem Stock, hilft ihnen, die richtigen Zitzen zu finden. So von hinten sind die Kühe alle gleich, schmutzige Hintern, Schwänze, pralle Euter. Sie sehen aus wie abgepaust, es ist den Kälbern nicht zu verübeln, dass sie sich vertun, dass sie die Merkmale ihrer Mütter nicht erkennen. Man möchte ihnen gern helfen, aber es ergeht einem auch nicht besser. Der Onkel, der kennt seine Tiere so gut, dass es ihn wundert, dass sie sich irren und die falsche Milch trinken können, dass die Kühe die falschen Kinder ablecken. Vielleicht, weil sie so viel Publikum haben, das bringt sie durcheinander. Du siehst doch, dass das nicht deine ist, deine ist die Erste im Gang, los, fort mit dir. Der da hat dir die Mutter gestohlen. Komm her. Jetzt aber. Du musst lernen, dich durchzusetzen. Das hier ist das Letztgeborene, es ist schon kräftig.

Während der Onkel geduldig den Anfang der Reihe ordnet, wird die Liebe hinten wahllos verteilt, wird herumspaziert mit dem Maul voller Milch, wird zu fünft oder sechst an demselben Euter getrunken, werden Abstammungen neu erfunden. Wie wenn der kleine Cousin Klavier spielt. Man saugt an der falschen Brust.

*

Die Halbwüchsigen verabreden sich im Wald, schlängeln sich zwischen den Bäumen durch, suchen eine Ecke für ihre Lust. Hier ist es gut, man sieht uns nicht. Bist du sicher? Das ist wie ein Bett. Und sie geben sich Küsse mit der Zunge, drehen und wenden sie, lecken sich den Hals, beißen sich in die Ohren. Man wird die Knutschflecken verstecken müssen. Hände schlüpfen unter Stoffe, suchen die Begegnung mit noch schüchternen Brüsten, so kleinen, ganz spitzen, gleiten über weiche Taillen, lösen rote Zöpfe, verweilen bei heißen Bäuchen. Wenn sie keine Gürtel hätten, gingen sie noch weiter, das ist klar, aber so kreist man darum herum, ohne sich näher hinzutrauen, fährt nur ein bisschen mit den Fingern darunter. Sie ziehen das Oberteil aus, rücken nah zusammen, beschnuppern sich, reiben sich aneinander, schwellen an, werden feucht. Der Wald schaut sie an, versteckt sie, dämpft sie, beleuchtet ausgesuchte Stellen, den Nacken, die Wölbung der Hüften, da, wo es am schönsten ist. Sie haben Freunde, die es schon getan haben, ohne sich zu lieben, einfach so, nur damit man es mal gemacht hat. Zwischen ihren Beinen drängt die Lust, sich hinzugeben, pulsiert es, sucht es einander, gehört es ihnen nicht mehr, wird es wild. Hast du nicht auch ein Geräusch gehört? Nein. Still, da ist der Verrückte mit der Fasanin, dort drüben, ich erkenne seine Schuhe. Schnell, die Hände packen die Kleider, schlüpfen eilig hinein, egal ob verkehrt herum. Da wird geballert! Der ist ja krank! Sie hauen ab, rennen bis zum Hof, lassen ihre geschwollene Lust im Unterholz, kehren nur mit ihrem Unbehagen und mit Dornen im Haar zurück. Die Sonne scheint hell auf das Scheitern ihres ersten Mals. Sie suchen einander nicht mehr, weder ihre Körper noch ihre Augen. Der Verrückte mit seinem Gewehr hat etwas getötet, endgültig aus dem Verkehr gezogen.

Er hält ihn am Schwanz, den Fuchs. Sein Tod hängt ihm über der Schulter, es scheint so, als ginge er absichtlich damit vor ihnen auf und ab. Verlegen starren sie auf den armen blutigen Pelz, der sich überraschen ließ, im selben Moment, im selben Unterholz wie sie.

*

Der Schwager merkt wohl, dass etwas anders ist, dass ihre Augen nicht mehr dieselben sind. Seine Fasanin schaut ihn an, ohne ihn anzusehen, kommt nicht mehr angeflogen, um sich streicheln zu lassen. Wenn er mit ihr spricht, scheint sie woanders zu sein. Ihre Federn sind nicht mehr so weich, nicht mehr so farbig, oder sind es etwa seine Hände, die sie zu gut kennen, die ihrer überdrüssig geworden sind, die sie nicht mehr lieben können. Man hört den Streit hinter der Wand, der Ton wird laut. Ich glaube, er hat wieder angefangen zu trinken. Du weißt doch, wie böse ihn das macht. Wo sind deine Augen geblieben, meine Fasanin, deine Augen, die mich sehen konnten? Warum antwortest du mir nicht? Du fehlst mir, verdammt. Ich fühle nichts mehr. Alles ist futsch. Wie hässlich du bist. Alles ist futsch. Er sagt das wieder und wieder hinter der Wand, Opapa und Omama schalten ein wenig den Fernseher ein, bis er sich beruhigt. Aber das übertönt die Verzweiflung nicht. Es wird geschrien, geweint, geschimpft. Glaubst du nicht, wir sollten nachsehen gehen? Weißt du was, ich hätte dich töten sollen, wie die andern, ohne Gefühle. Was hat mich geritten, dass ich glaubte, du wärst anders? Du scheißt überall hin, das widert mich an, du widerst mich an, du bist so hässlich. Los, trink, ich habe dir Wein eingeschenkt.

Trink doch, verdammt noch mal. Los, trink, sag ich dir. Der Ton wird lauter, etwas fällt, ein Schluchzen. Oh nein, Scheiße. Meine Fasanin. Mein Hühnchen. Das wollte ich nicht. Ich hab's nicht absichtlich getan. Wach auf. Verdammte Scheiße. Die Wand heult, schreit, stöhnt.

Wir hätten nachsehen sollen. Ich hab's dir gesagt, dass wir nachsehen sollten.

Die Jahreszeiten

Schnee auf der Ebene, am Himmel, auf den Bäumen. Der Nordwind wirbelt ihn auf, polstert die Fassade, baut Mauern neben den Mauern, macht die Fenster blind, überzieht das Dach. Alles ist weiß, ausradiert, verschwunden; es ist wie in Opapas Kopf. Das Gedächtnis ist verloren gegangen. Man findet das Draußen nicht mehr, ist hier eingeschlossen. Der Onkel klopft ans Barometer. Es hat keinen Sinn, die Schaufeln zu nehmen, zu versuchen, hinauszugelangen, es wird weiter schneien. Die Schule fällt aus. Die Straßen gibt es nicht mehr, man wird hierbleiben müssen, in den Tiefkühlern wühlen und warten, dass sich das Wetter beruhigt und die Kinder auch. Sie sind ganz aufgeregt, stellen sich vor, auf einer Insel mitten im Nichts zu sein. Sie alle, der Onkel, die Tante, die Mutter der Kleinen, die Tiere.

Nun reicht es aber, es hört gar nicht mehr auf, sie zanken sich, ertragen einander nicht mehr. Sie nehmen den Weg durch den Stall, schauen, wie es bei den

Alten aussieht. Schwer ist er, der Schnee, er drückt auf das Gemüt, lastet auf dem Dach. Die Tante erzählt, dass sie es als Kind liebte, wenn der Hof von der Kälte eingemummt war. Ja, aber jetzt dauert es schon zu viele Tage. Omama klopft ans Barometer. Es soll weiter schneien, man nimmt das Kartenspiel hervor.

Für das Pferdequartett fehlt mir noch Vater Pferd. Kannst du mir die Karte geben?

Du bist gar nicht dran. Der kleine Cousin überlegt. Doch bin ich dran, Omama hat gerade aufgenommen. Von den Pferden möchte ich den Großvater. Hast du nicht grad den Vater verlangt? Doch. Den Großvater. Der Großvater ist doch der Vater. Der Vater vom Vater. Die Tante erklärt ihm, ja schon, aber eben doch nicht. Schau, es gibt die Karte vom Vater und die Karte vom Großvater, es sind nicht die gleichen.

Morgen soll der Wind sich beruhigen, man wird versuchen, die Tür freizubekommen.

Der Onkel mit seiner Schaufel wird sich dranmachen, ein Draußen wiederzufinden, ein Stück Boden, einen Mauerstreifen freizulegen, die Landschaft aus ihrer Versunkenheit zu holen. Die Schneepflüge werden wieder Straßen zwischen den Leuten zeichnen, die Kinder Schritte auf der Ebene, die Tannen werden sich schütteln, alles wird sich erinnern.

*

Die Alten sehen sich bei der abendlichen Zusammenkunft wieder, es tut ihnen gut, zusammen zu sein, ein Glas Wein zu trinken, nachdem der Winter sie so lange getrennt hat. Sie sprechen Patois. Die Jungen verstehen den Dialekt ein wenig, aber sie sprechen ihn nicht. Die Wörter sind ihnen nicht geläufig. Etwas ist verloren gegangen. Ein Problem der Zunge. Die Zungen können gewisse Laute nicht mehr aussprechen, sie funktionieren anders. Die Zungen der Alten sprechen nur Patois und haben nur einen einzigen Mund geküsst.

Sie haben alle ihre goldene Hochzeit gefeiert, fünfzig Jahre Ehe, die große Messe, die Reden, das Festessen mit der Familie und die Jungen, die nicht verstehen, wie das möglich ist, denn ihre eigene Zunge, die kein Patois mehr spricht, küsst jeden Samstagabend andere Lippen, will die Welt erforschen. Sie sind kaum alt genug, ein Moped zu fahren, aber sie können schon bestens mit ihrer Zunge umgehen, sie haben die Liebe mehrmals erlebt, sie hat ihnen sogar Kummer gemacht. Geschichten einiger Tage, einiger Wochen. Ein ganzes Leben – das können sie sich kaum vorstellen.

Ihre Zungen sind zu neugierig. Auf dem Gymnasium lernen sie Englisch und Spanisch. Es ist gar nicht einfach, mit Genen, die nie das Dorf verlassen haben, die Laute eines anderen Landes auszusprechen. Sie wollen fort, ihr Moped frisieren, sehen, was hinter den Bergen liegt, hinter den Tälern, auf der anderen Seite der Grenze. Sie hatten eine ganze Landschaft, um darin groß zu werden, doch das genügt ihnen nicht. Hinter dem Horizont ist es besser, davon sind sie überzeugt. Sie werden keine Tiere haben. Die Tiere, das wissen sie, sind wie Ketten. Schaut die Eltern an, sie können sich nicht vom Fleck rühren, sie müssen da sein, jeden Morgen, jeden Abend, um die Kühe, die Hühner, die Hunde und Katzen zu füttern. Selbst an den Wochenenden.

Wenn man nur für ein paar Stunden fort sein darf, kommt man nicht weit; das ist sicher der Grund, warum die Eltern es schafften, einander treu zu bleiben, warum sie nur die Sprache der Gegend gelernt und mit ihrer Zunge nie jemand anderen geküsst haben.

Omama lacht, sie wissen nicht, warum. Wenn sie so schnell spricht, im Überschwang des Festes, verstehen sie überhaupt nichts mehr. Sie sind in ihrer Küche wie in einem fremden Land. Zwischen ihren Zungen, ihren Ohren liegen zu viele Jahre, als dass man wirklich miteinander reden könnte.

*

Der Frühling hat soeben den Stier befreit. Er rennt zu den Kühen, besteigt sie, nimmt mehrere Anläufe, begräbt sie unter seinen Muskeln. Die Kleinen haben das noch nie gesehen, sie rufen den Onkel, es beunruhigt sie ein wenig. Schaut nicht hin.

Im Stall können sie ihn von den Kühen unterscheiden, sie suchen unten nach den rosa Kugeln, die da hängen, man hat es ihnen erklärt. Auch ohne sich zu bücken, sieht man, dass es das einzige männliche Tier ist, der Hals ist so dick, dass er seine Ketten verschlingt, sie in den Falten seiner Masse verschwinden lässt. Sie gehen nie zu nahe vorbei. Ein Huftritt ist schnell passiert. Selbst wenn er angebunden ist, beeindruckt sie diese Wucht, hier auf der Weide macht sie ihnen Angst. Schaut nicht hin, Kinder. Wie könnte man nicht schauen? Dieser Stier, der am Hintern der Kühe riecht, der auf sie draufsteigt, der sich festklammert. Das ergibt ein Monster aus Muskeln, mit zwei Köpfen, mit viel zu vielen Beinen, das nicht mehr laufen kann. Es sieht verkehrt herum aus, der schwache Teil unten, es wird zusammenbrechen. Es muht, stöhnt, geht zur Sache. Und dann macht er sich los, hat unten einen nassen Stab. Ungestüm rennt er über die Wiese, weiß nicht mehr, auf welchen Hintern er sich stürzen soll, sie sind alle für ihn. Zum Verrücktwerden.

Die Kleine schaut ihm zu. Stier, dass ist ihr Sternzeichen. Es ist gut, es heißt Kraft, Energie, der stürmt voran, so ein Stier. So viel ist klar. Allerdings beruhigt sie das nicht, dass da irgendwo in ihr selbst auch ein Stier ist. Es geht wieder los, er stößt sich in eine neue Kuh. Sie möchte ein anderes Sternzeichen.

*

Sie springen, rennen in Zäune, werfen den Hintern hoch, stoßen zusammen, schlittern herum, furzen. Zum ersten Mal verlassen die kleinen Kälber den Stall. Sie tanzen, explodieren, schrecken hoch, prallen aufeinander. Sie entdecken die Weite, die Luft, die Farben von draußen. Sie wussten nicht, dass sich ihre Beine so schnell bewegen können, ihre Mutter so weit weg und der Boden essbar ist und dass es einen Himmel gibt mit Wolken, an denen Vögel aufgehängt sind. Sie holen sich einen Stromschlag, kriegen den Dünnpfiff, zittern ein wenig, finden die Mutter nicht wieder, ängstigen sich, wenn alles schwarz wird, und suchen den Weg nach Hause.

Das war auch für sie so, die Mutter der Kleinen, als sie den Hof verließ und jenseits der Berge studieren ging. Ein Tanz, eine Explosion, die Entdeckung des Draußen. Es wimmelte, es gärte, es hupte, man rauchte, drängte sich, umarmte sich, es blinkte, glänzte, kostete viel, man schlief auf der Erde. Sie wusste nicht, dass man so eng beieinanderleben, ganze Tage, ohne den Himmel zu sehen, herumlaufen und unbeweglich Treppen hochsteigen konnte. Sie entdeckte die Kinos, die Küsse in den Kinos, die Küsse dort, wo es sich nicht gehört. Ihre Erlebnisse wiederkäuend, stapfte sie durch die Stadt, entdeckte, dass es möglich war, sich von der Mutter zu entfernen. Sie befürchtete, sich wie die Kälber im Dunkeln zu ängstigen, nach Hause zurückkehren zu wollen. Aber da gibt es kein Schwarz, die Schaufenster bleiben erleuchtet, die Fenster stehen hoch am Himmel, anstelle der Sterne.

*

Opapa steht vom Sofa auf, breitet die Arme weit aus und verwehrt seiner Tochter den Durchgang. Es sieht aus, als hätte er einen Stock in der Hand, aber seine Finger schließen sich um nichts, und er schwingt Luft. Oh, dieses Luder, sie will den andern nicht folgen. Immer dieselbe tanzt uns auf der Nase herum, hält sich nicht an die Abzäunung. Schnell, Omama, hilf mir, stell dich auf die Gasse, du siehst doch, dass sie in den Garten abhauen will. Er schüttelt den Arm, als rührte er Getreide am Boden eines Eimers, so machte er es oft mit den Tieren, damit sie kamen. Er drängt seine Tochter in eine Zimmerecke, spricht Patois mit ihr und klopft ihr herzhaft auf die Schulter. Seit Opapa den Kopf verliert, weiß man nicht recht, wie reagieren, man fragt sich, ob man es ihm sagen soll, dass das keine Kuh ist, sondern seine Tochter, dieses Tier, das sich nicht an Absperrungen hält, das nicht dem vorgespurten Weg folgt.

Er ist müde von all den Geschichten, die er erfindet, setzt sich aufs Sofa und schläft ein. Omama sitzt daneben, sie telefoniert, weil sie keinen Mann mehr hat, mit dem sie sprechen kann, also ruft sie eine Nachbarin an, egal welche, es tut gut, sich ein wenig auszutauschen.

Er lässt den Kopf auf ihre Schulter fallen, steckt seinen Daumen in den Mund und reibt Omamas Strickjacke zwischen den Fingern. Du weißt wohl noch, dass ich deine Frau bin, deine Mutter ist vor dreißig Jahren gestorben, sie versucht, Ordnung in seinem Kopf zu schaffen, aber in seinem Kopf ist nichts mehr da, wo es hingehört.

Sie ist es gewohnt, aufzuräumen, ihren Haushalt führt sie perfekt, kein Krümel, kein Geschirr in der Spüle, nichts liegt herum. Aber bei ihrem Mann fallen die Tassen aus dem Schrank, sind die Krüge nicht mehr dicht, geht alles drunter und drüber, da hat sie es aufgegeben.

Jetzt hält er sich am Schenkel des kleinen Cousins fest, überzeugt, einen Baumstamm zwischen den Händen zu haben.

Sie muss noch wachsen, ist zu jung, das ist eine Ulme, das werden schöne Bretter. Der Kleine traut sich nicht, sich zu bewegen, er wird zum Wald. Und der alte Opapa geht in die Hocke: Er hat Steinpilze zwischen seinen Füßen gesehen. Gib mir einen Beutel, Mutter, schau, wie schön sie sind.

Das Haus ist in bester Ordnung, nichts tanzt aus der Reihe, aber Opapa bringt alles durcheinander, er isst mit seinen Toten, streitet mit der Standuhr, schaufelt in der Küche Schnee, melkt die Finger der Briefträgerin, wenn sie ihm die Post hinhält.

*

Kannst du den Großonkel wieder richtig hinstellen? Der Wind hat ihn wohl umgeweht.

Die Kleine geht über Opapas Vater, setzt sich auf die Urgroßmutter. Omama sammelt die vertrockneten Blumenstauden ein, wirft sie in den großen Mülleimer am Friedhofseingang. Die hier werfen wir auch weg, schau, wie verblasst sie sind, die sind seit dem Urgroßvater da, das macht nichts mehr her. Sie hat an alles gedacht, das Putzmittel für die Scheiben, die Lappen, einen Schaber, um das Moos abzukratzen, und sogar ein wenig Farbe. Die Kleine klettert über das Grab. Es ist immer ein komisches Gefühl, über die Toten zu gehen, aber sie hat keine Wahl, wenn sie Omama beim Putzen helfen will.

Das war keine gute Idee, das Häuschen auf dem Grab, um die Fotos und die Namensschilder vor dem Schnee zu schützen, man weiß nicht, woher das kommt, aber die Scheiben sind immer beschlagen, man kann nie etwas erkennen. Die Kleine fährt mit dem Lappen darüber, das bringt alle Namen, alle Daten, die Gesichter in den Medaillons von denen, die zu ihren Füßen liegen, wieder zum Vorschein. Stell ihn lieber hinten hin, den hier, den beweint niemand mehr, da macht es nichts, wenn man ihn weniger gut sieht. Omama gibt Anweisungen für eine bessere Anordnung, damit die wichtigeren, die neuesten, ganz vorne sind. Sie hat frische Pflanzen mitgebracht, die sind eben doch schöner als alle die Plastikgestecke, aber bei dem Klima halten sie nicht, sie gehen ein. Tote Blumen auf den Toten, das wirkt traurig, man muss daran denken, sie wegzunehmen, wenn der Frost kommt.

Höllisch, dieses ganze Moos, das sich am Verputz festsetzt. Omama meint, das kommt vom Schatten, von der Feuchtigkeit des Walds nebenan. Man muss alles abkratzen, alles säubern. Auf den Knien, auf dem Bauch liegend verausgabt sich die Kleine, krabbelt über das Dach der Vorfahren, scheuert die Erinnerungen blank. Omama fängt an zu sprechen, zu erzählen. Geschichten, die unter dem Moos steckten, die sie vergessen hatte, die wiederauftauchen, während sie das Grab schrubbt. Über die Urgroßmutter, die Monate mit einem Baby im Bauch verbracht habe, das sich nicht mehr bewegte.

Einen Ur-ur, der auf dem Feld vom Blitz erschlagen wurde. Einen Bruder von Opapa, der zur falschen Zeit am falschen Ort war, sodass ihn ein junger Anarchist auf der Flucht nach einem Raubüberfall getötet habe.

Ich weiß nicht, ob das die richtige Farbe ist, eine für draußen, es wird immerhin etwas hermachen. So wie das Grab jetzt ist, ganz grau und mit feuchten Striemen, geht es jedenfalls nicht. Die Kleine streicht die Fassade strahlend weiß. Das macht Eindruck. Sogar die Familie aus Marmor, mit den Goldbuchstaben, die sich in der Allee rechts brüstet, sieht daneben ganz trüb aus. Sie weiß nicht, ob es die Toten freuen wird, aber es freut jedenfalls Omama, dass sie ihnen das weißeste aller Häuser schenken kann, dass sie diese ganze Zeit mit ihnen verbracht hat, damit, sie zu kratzen, zu schrubben, zu kitzeln, sich auf sie zu legen. Das Grab wird Opapa gut empfangen, falls er bald einziehen sollte.

*

Der Bruder würde sich gewiss keine Schwielen holen, um das Grab schön zu machen, die Eltern mit Blumen zu schmücken. Sie wissen gar nicht, was er mit seiner Fasanin gemacht hat, ob sie noch bei ihm ist, ob er sie ins Geröll hinter dem Hof geschmissen hat, ob er ein Loch gegraben hat, wie es sich gehört, mit einem Blumenstrauß. Das würde mich wundern. Hatte sie eigentlich einen Namen?

Jeder nimmt mal ein Glas Wein zu Hilfe, vor allem, wenn man so traurig ist. Aber seit er seine Fasanin getötet hat, war er gar nicht mehr nüchtern, er kommt fast nicht mehr aus seinen vier Wänden heraus. Diese Wände hatten noch nie einen so fauligen Atem, haben noch nie so geheult, einfach so, mitten in lautem Gelächter. Omama sagt, man müsse nachschauen gehen, aber niemand hat so recht den Mut für einen Versuch, sein Leid zu lindern. Sie können ihm bestimmt auch nicht besser helfen als der Alkohol. Schließlich geht sie hinein, als man ihn seit mehreren Stunden nicht mehr schluchzen hört. Er ist eingeschlafen, dusselig vom Wein, ganz zerzaust. Unglaublich: Er hat sich mit seinem Verbrechen gekrönt, mit einem Kranz aus ihren schönsten Federn, einer Art indianischem Federschmuck. Sein Gesicht ist ganz verzerrt, das macht der Kummer auf den Wein, der Wein auf den Kummer.

Wenn Omama und Opapa die Hasen töten, kommen die Kinder zuschauen. Damit es weniger hart erscheint, schenkt Omama ihnen die abgeschnittenen »Blumen«. Die Kinderhände halten die weißen Pompons fest, streicheln sie lange. Mit all dieser Weichheit zwischen den Fingern scheint es sanfter, da hat sie recht, ist es weniger heftig, sie sterben zu sehen.

Es ist hart, aber es ist zart. Danach machen sie sich Amulette, Schmuck, sie hängen sich diese Hasenblumen um den Hals, in die Haare, sie ehren sie mit einem Umzug.

Aber sie sind nicht siebzig Jahre alt.

Armes Tier, so zu enden, als Kopfschmuck eines Trunkenbolds. Nicht einmal seine prächtigsten Federn können ihn noch schön machen.

Die Hasen isst man wenigstens, man veredelt sie mit einer feinen Sauce, man präsentiert sie in großen Schüsseln, man dankt ihnen, indem man sich ein zweites, ein drittes Mal nimmt. Die Federn sind auf seinem Kopf, aber wo der Rest der Fasanin geblieben ist, weiß man nicht. Will man gar nicht wissen. Omama macht die Tür wieder zu.

*

Seit Monaten ist er von Trauer besetzt, man sieht nur sie, man merkt gar nicht mehr, wie hässlich er ist, dass sein Fett überquillt, riecht, seine Unterhemden ausleiert. Man merkt gar nicht mehr, dass in seinem Blick der Geist fehlt. Sein Schmerz ist eine zähe Masse. Ein schlecht verdünnter, undurchsichtiger, in mehreren Schichten aufgetragener Anstrich. Wenn man sieht, wie er auf dem Mäuerchen beim Fenster hockt, sieht man die Verzweiflung selbst da hocken. Er ist dahinter verschwunden. Nur der Alkohol kann ihn noch zum Lachen bringen. Dann kommt die Fasanin zurück, er streichelt ihre Abwesenheit, flüstert ihr Geheimnisse zu. Jetzt küsst er die Leere mit seiner Zunge, er ist verrückt geworden. Das sagen Omama und Opapa. Ein Irrer, der verrückt geworden ist, das ergibt viel Wahnsinn in einem einzigen Menschen. Sein Körper wird immer dicker, es wird der Moment kommen, wo er nicht mehr durch die Tür passt. Geht ihm aus dem Weg, Kinder, er könnte auf euch eindreschen wie auf die Wirklichkeit. Man weiß nie. Das kann passieren: Wenn man sich zu sehr an die Trunkenheit gewöhnt, regt man sich auf, wenn man sie nicht mehr findet. Der Wein lässt die Verzweiflung nicht mehr verschwimmen, sondern fügt eine Schicht hinzu. So ist es dem Vater der Kleinen passiert, aber darüber spricht man lieber nicht.

Das Gestrüpp

Die halb große Kleine hat keine Ahnung, woher das kommt, aber sie verliebt sich immer als Erstes in die Haare. Sie mag Locken, die widerspenstig sind, nichts und niemandem gehorchen. Wenn man zum Spaß alle Jungen, die sie geküsst hat, in eine Reihe stellen würde, hier auf dem Weg, dann wäre da eine buschige Hecke. Struppige, zottelige Köpfe, die sich verknoten, ineinander verhaken, die allen den Durchgang versperren. Sie liebt es, sich durchs Dickicht zu schlängeln, die stacheligen Zweige auseinanderzudrücken, unter dem Geäst durchzukriechen, sich im Unterholz zu verlieren, Unbekanntes zu entdecken. Sicher gibt es Zimmer. Aber sie zieht die Liebe draußen vor, ein Bett zwischen Dornen und Heidelbeeren. Es muss feucht sein, nach Erde riechen, der Wind muss wehen. Sie geht spazieren, verstreut ihre lockigen Erinnerungen über die Ebene. Hier, da und dann dort. Es gefällt ihr, ihre Gespenster wiederzufinden, wilde Sträuße daraus zu binden, sich darin zu verlieren.

Wenn Opapa das sähe, käme er nicht umhin, die Säge anzusetzen, nur den größten Ast stehenzulassen, er würde sagen, ein Wald müsse gepflegt werden, man könne nicht einfach so lieben, ineinander verschlungen, das führe zu Bränden. Und er hätte bestimmt recht. Aber die halb große Kleine ist so, sie könnte nie Hektare von Niederholz unterhalten, mit dem Häcksler durchgehen, auswählen, säubern. In ihr verzweigt, vermischt, verwirrt sich alles, Liebeleien, Ideen, Erinnerungen, das bräuchte einen Schnitt, fängt Feuer bei der kleinsten Bemerkung. Es macht den Eltern Angst. Sie, die immer alles kurz geschnitten halten, wollten genau dies vermeiden. Nun sind sie gezwungen, ihr den Kopf unters kalte Wasser zu halten. Wie sonst können sie vermeiden, dass es sich fortsetzt, dass die Flammen sich ins Gestrüpp fressen?

Sie haben versucht, ihr gepflegte Jungen vorzustellen, die in ihr Ordnung schaffen könnten. Aber die Kleine hat sie nicht mal angesehen. Was nicht verdreht und verbeult ist, das lässt ihr Herz gleichgültig.

Es wird schwierig werden, sie zu verheiraten.

Ja, sie haben recht, das macht auch ihr Sorgen.

Es wird schwierig werden, sie zu verheiraten. Aber sie ist erst achtzehn, sie hat noch Zeit, sich zu ändern, sich einzuspuren. Wie könnte das verstehen, wer nur eine einzige große Liebe gekannt hat? Die halb große Kleine schläft nicht gern allein, sie muss jemanden neben sich haben. Da ist dieser Freund, bei dem sie oft die Nacht verbringt. Sie sollte eigentlich auf dem Zwischenboden schlafen, aber sie hat Höhenangst. Er hat Haare, wie sie sie mag, und eine Freundin, die er noch liebt, doch sie ist ausgezogen. Also schließt er die halb große Kleine in seine langen Arme. Nur so, bis er sie wiedersieht. Eine starke Freundschaft, die sein Geschlecht ganz hart werden lässt unter dem weichen Stoff des Pyjamas, da, in der Kuhle ihres Kreuzes. Sie haben es sich zur Gewohnheit gemacht, aneinandergeschmiegt einzuschlafen, ohne je weiter zu gehen, ohne das Begehren aus ihrer Nachtkluft entwischen zu lassen. Am nächsten Tag trifft sie einen anderen Freund. Denjenigen, den die Liebe ganz durcheinanderbringt, der nicht weiß, wie er es anfangen soll. Sie lehrt ihn zu küssen. Du kannst üben. Ich werde dir sagen, ob es angenehm ist. Es ist einfacher, sich in den Armen einer Freundin erst einmal vorzutasten. Vorsicht, das zieht mir an den Haaren. Das kann passieren, kein Problem. Und sie schläft an seiner Seite ein, sein Geschlecht ist zu schüchtern und getraut sich nicht, sich an sie zu lehnen, sie lassen immer etwas Raum zwischen ihren Becken. Da ist auch der Junge, der ihr so gefällt, in den sie in der Sekundarschule verliebt war, den sie nie wiederzusehen dachte und der hierhergezogen ist mit seiner Mutter, gegenüber ihrem Internatszimmer. Seit Monaten haben sie nicht miteinander gesprochen, aber sie braucht sich nur ans Fenster zu stellen, um ihn zu beobachten. Er isst, lebt, schläft gleich auf der anderen Straßenseite. Ein Bild, das sich bewegt, ein Lockenkopf, der sie ebenfalls beobachtet, der auf sie wartet. Sie machen zur gleichen Zeit Licht, teilen ihren Alltag, leisten einander Gesellschaft. Und es ist schön, denn wenn er seine Freundin empfängt, wirft er ihr einen zärtlichen Blick zu, bevor er die Jalousien herunterlässt.

Sie hatte vorgehabt, nach dem Fest nach Hause zu gehen, aber man hat ihr das Fahrrad geklaut. Es gibt kein Gästezimmer. Im Dunkeln spürt sie mehrere Münder, die sie gleichzeitig küssen, mehrere Atemstöße in ihrem Nacken, Hände und Arme überall auf ihr.

Wenn Opapa das sähe, käme er nicht umhin, auszulichten. Er würde nicht verstehen, dass sie einen ganzen Wald braucht, dass so viele krause Schöpfe, Gerüche, Glieder nötig sind, um sie richtig zuzudecken.

Der Tod

Ein einziger Baum steht noch in der Ebene, der andere ist gefallen. Der Leichenzug umrundet das Anwesen, damit Opapa ein letztes Mal seine Felder und Wiesen grüßen kann. Damit die Wiesen und Felder ihn ein letztes Mal grüßen können. Das schnürt einem das Herz zusammen. Selbst seinen Hund bringt das zum Weinen, er rennt hinter dem schwarzen Wagen her, folgt ihm, wie er seinem Herrn folgte, der immer kerzengerade in der weiten, flachen Landschaft unterwegs war. Man hätte ihn im Stall einsperren sollen. Dieser heulende Hund, das ist zu viel der Gefühle. Er wird doch nicht bis zur Kirche mitkommen. Man hätte ihn anbinden sollen. Er weint heiser, winselt laut. Sein Kummer treibt ihn an, er gerät gar nicht außer Puste, schneidet die Kurven, will bei der Messe dabei sein. Man lässt die Leute eintreten, das ganze Dorf ist da, man wird die Türen schließen, seine Verzweiflung draußen lassen, man hätte ihn im Stall einsperren sollen, es geht doch nicht, so zu winseln. Sie haben ihr Schamgefühl. Sie ziehen ein Taschentuch aus dem Ärmel, verstecken ihr Gesicht, vergraben ihren Schmerz darin.

Es werden einige Texte vorgelesen von denen, die nicht weniger Trauer empfinden, sie aber beherrschen können. Es wäre schade, die Ansprachen der Kinder und Enkel im Weinen zu ersticken. Man hätte ihn einsperren sollen, diesen Hund mit der so rauen Stimme, die alten Leute verstehen nichts. Sein Geheul ist lauter als alles andere, die Tür hält es nicht auf, es übertönt die Worte des Pfarrers. Der Onkel muss hinausgehen, das Wehklagen am Halsband packen, es in der Scheune am anderen Ende des Dorfs einsperren. Die Totenfeier kann weitergehen. Jetzt ist diskretes Leid zu hören, sie schnauben, schnäuzen sich, unterdrücken Tränen, seufzen ein wenig, tätscheln Schultern, umringen die Omama.

Und plötzlich hört man einen Aufprall am Boden, hört man Schreie. Die Blicke suchen, woher es kommt. Der Schwager in der zweiten Reihe ist tot umgefallen. Man schickt die Kinder nach draußen.

Omama nimmt es ihm übel, dass er Opapas Beerdigung stiehlt, seine Blumen, seine Trauergemeinde für sich beansprucht, an einer Feier stirbt, die nicht die seine ist. Sie hat ihr Leben in seiner Nachbarschaft verbracht, ihn aufgerichtet, seine Gerüche ertragen, ihn hinter ihrer Wand schlagen, schimpfen, fallen gehört. Nie hat er sie in Ruhe gelassen. Opapa hat ihm einen Platz im Haus gegeben, hat mit ihm sein Gemüse geteilt, ihn am Lachen der Kinder, an der Freundlichkeit seiner Frau teilhaben lassen, hat ihm die vier Wände mit seinem Kamin gewärmt. Als wäre das nicht genug, muss er jetzt auch noch seinen Tod mit ihm teilen. Omama könnte heulen, lauter noch als der Hund, beim Anblick dieser Leiche ohne Sarg, dieses Schwagers, der an die Beerdigung des Bruders kommt, um zu sterben. Man hätte ihn einsperren, ihn am Kommen hindern sollen, so etwas tut man nicht.

*

Es gibt ein Zimmer mehr im Haus. Die Kleinen sind neugierig, sie wissen nicht, wie es hinter der Wand aussieht. Der Schwager hat nie jemanden in seine Höhle eingeladen, abgesehen von der Fasanin. Omama stößt die Tür auf. Sie legt den Schalter um, die Glühbirne ist kaputt. Ach so, nein, der Boden, die Wände, die Decke sind so schwarz, dass es sogar mit Licht dunkel bleibt. Sobald sich die Augen daran gewöhnt haben, entdeckt man im ganzen Zimmer kleine Sammlungen. Steine und Kiesel, ovale, eckige, vulkanische, marmorierte, ganz rote, fast blaue. Holzstücke. Aufgereiht vom geradesten bis zum krummsten. Seht her, ich habe die Patronen seines Gewehrs gefunden, nach Farben geordnet.

Flaschen bedecken eine ganze Wand. Und das, was ist das? Ach, du Schreck, sein Gebiss!

Omama zieht eine Schublade heraus. Kommt, schaut euch das an. Wusstest du etwa, dass er zeichnete? Fast immer das gleiche Bild, Phantasietiere mit Zähnen, Hörnern und wundersamem Fell. Flecken, Tupfen, Streifen, kleine Punkte, Schraffuren, die er in vielen Stunden gestrichelt haben muss. Der hier ist wie von Augen übersät. Augen auf dem Rücken, auf den Beinen, Augen sogar auf dem Schwanz, ein Pelz, der uns von überallher anschaut, der den Boden und den Himmel gleichzeitig überwachen kann, der nach vorne und nach hinten sieht, ohne den Kopf bewegen zu müssen. Und der hier hat so viele Flecken, dass niemand sie zählen könnte, winzige Spritzer, Stäubchen, Sandkörner. Omama legt die Blätter auf den Tisch, richtige Jagdtrophäen, Tiere, die halb Kühe, halb Geparden sind, Panther mit Pfauenmuster, karierte Füchse, Pferde mit Blessen, mit Wolken überzogene Kühe. Es gibt keinen Platz mehr auf dem Tisch, rutscht rüber, Kinder, wir legen die anderen auf den Boden. Und schon breitet sie die gesamte Strichelei des Schwagers auf den geschwärzten Dielen aus. Wahnsinn, seine ganze Zartheit in einer Schublade aufzubewahren. Er schenkte seine Geduld dem Zeichnen von Fell. Man versteht besser, warum für die anderen nichts mehr übrig blieb, warum er sich so schnell über seinen Hund aufregte.

Schaut, Kinder, genau vor dem Fenster, eine Fasanin. Sie ist nicht scheu, sie bleibt hier, auf dem Hof vor dem Haus, stolziert herum, als wäre sie mit ihm verabredet, als wüsste sie nicht, dass er auf dem Friedhof ist, als hoffte sie, ihn wiederzusehen.

Der Onkel sagt, sie kommt aus einer Zucht, wurde bestimmt zum Vergnügen der Jäger freigelassen. Ihr seht doch, dass die Freiheit sie stört, dass sie nicht weiß, was sie damit anfangen soll. Wenn sie morgen Abend noch hier ist, bekommt sie einen Gewehrschuss von mir, das ist das Einzige, was sie befreien kann. Armes Tier.

*

Omama öffnet weit den Schrank. Seit Opapas Tod findet sie zum ersten Mal die Energie dafür. Oben die wollenen Kappen, in der Mitte, auf Kleiderbügeln, die Hemden, Strickjacken, Hosen und ganz unten die Schuhe. Eins, zwei, drei, vier, fünf, sechs, sieben, acht. Mindestens acht leere, schlaffe Opapas, in Reih und Glied im Schrank aufgehängt. Es riecht gut nach Lavendel, aber das überdeckt die Abwesenheit nicht, im Gegenteil. Schau, die hier könnte deine Größe sein.

Omama hält dem nun zweifachen Waisen die graue Jacke hin, die dem Opapa so gut stand. Sie breitet sie ganz aus, kontrolliert, dass kein Stück ihres Mannes in einem der Ärmel geblieben ist, kein Andenken in einer Innentasche, aber nein, nichts. Der Junge schlüpft in die Jacke. Seit Jahren hat sie sich nicht vom Fleck gerührt, hängt sie traurig im Schrank. Und jetzt geht sie im Zimmer herum, schlägt Falten, dreht sich, schaut sich im Spiegel an. Er probiert auch eine Hose an. Nimm sie, ich schenke sie dir. Er setzt sich eine Mütze auf, geht im Gang auf und ab.

Dieser Junge hat so viel Zeit mit Opapa verbracht, dass seine Kleider ihm passen, auch wenn es nicht sein Vater war. Es wölbt und faltet sich an den gleichen Stellen, bewegt sich im gleichen Takt, schafft ein Trugbild. Das macht Omamas Augen feucht.

Er ist geschmeichelt, dass sie an ihn gedacht hat, um ihre Erinnerungen auszufüllen.

Natürlich hatte er damals gehofft, dass man ihm den Hof geben würde, die Tiere, die Traktoren, dass man ihm alles überschreiben würde, wie einem richtigen Sohn. Diese Jacke ist sehr warm, wie gut sie dir steht, schau das Futter an, man sieht, dass es gute Qualität ist. Man kann sogar die Kapuze abnehmen. Opapa hat ihn alles gelehrt, er hätte mit den Kühen umgehen können, ihm gefällt das, sich um Tiere zu kümmern, das Land zu bestellen. Willst du diesen Schal? Er fusselt kein bisschen. Er hätte einen großen Garten angelegt, er hätte eine Frau von hier gefunden, es wäre ihm gut gegangen. Es ist normal, dass der

Hof auf die Kinder übergeht, dass es die Tochter und der Schwiegersohn von Opapa sind, die sich um die Tiere kümmern. Der Junge hat schon Glück. Es wird ihm warm sein in dieser Jacke, mit diesem Schal, in diesem Pullover, in dieser Hose, in diesen Schuhen.

Es ist Zeit, wieder ins Tal hinabzufahren, morgen muss er früh zur Arbeit. Opapas Kleider steigen in ein kleines, verbeultes Auto und verlassen zum ersten Mal die Hochebene.

Der Bändiger

Es ist der dreißigste Geburtstag eines Bauern vom Ort, er hat alle Nachbarn eingeladen, die Alten, die Kinder. Alle, die gerade da sind. Es sind nicht viele Leute, sie haben in seinem Wohnzimmer Platz. Obwohl das gar nicht groß ist. Man küsst sich auf die Wangen, kommt gerade vom Melken, im Bart hängt noch ein wenig Stallgeruch. Man spricht von den schwierigen Geburten, vom kommenden Wetter, vom kaputten Traktor und von den verfallenen Mauern, die man wieder aufzubauen begonnen hat. So ein robustes Naturell wie ihres, das findet man selten, das braucht es, um der Einsamkeit und dem Klima zu trotzen. Sie mögen diese Treffen, spüren, dass sie nicht allein sind, dass es andere gibt, Leute wie sie. Sie trinken, singen, manche machen ein bisschen Musik, die Jungen nehmen die Alten bei der Hand, dass sie tanzen, sich jünger fühlen. Die große Kleine hat kein Gefühl für Rhythmus, sie bleibt lieber am Rand des Fests, spürt nur die Ausläufer.

An diesem Abend sieht sie wohl, dass ein Junge sie anstarrt, einer, der nicht aus der Gegend kommt, dem sie noch nicht begegnet ist.

Na also, er spricht sie an.

Sie hat nie an die große Liebe geglaubt, aber jetzt, als er ihr anbietet, hinten auf sein Moped zu steigen, wo es doch stockdunkel ist und sein Licht nicht funktioniert, da fühlt sie, dass er der Richtige ist, dass es gerade eingeschlagen hat wie der Blitz in die Kühe. Geht's noch. Du bist ja gestört. Total bekloppt. Wenn du sterben willst, dann ohne mich. Hau doch ab. Und genau das tut er, er zieht Leine.

Er und sein Moped verschwinden im Dunkeln, sie kennt ihn nicht und sorgt sich bereits, ihn nie wiederzusehen. Lässt sie allein hier am Straßenrand, dieser Idiot. Scheißkerl. Das wirst du mir büßen. Sie kann lange schreien, ihr Liebesblitz ist über alle Berge und kommt nicht mehr zurück. Sie muss die Mutter anrufen, sich abholen lassen.

*

Sie sagt sich, wenn niemand ihn überfährt wie ein gewöhnliches Reh, wenn die Nacht ihn lebend wieder ausspuckt, dann wird sie das Telefon nicht abnehmen, wird ihrerseits verschwinden und ihn stehen lassen wie den Ochs am Berg. Aber als er einige Tage später hupt vor dem Hof, kommt sie sofort zu ihm herunter.

Er erzählt ihr, dass er in der Gegend eine Ausbildung bei einem Pferdedresseur macht, dass er genau das schon immer machen wollte, es aber erst jetzt gemerkt hat, dass er vorher in der Stadt war und in der Gastronomie gearbeitet hat, dass er nach einer Schauspielausbildung in einigen Filmen mitgespielt hat, dass er auf eine Insel gezogen ist, um ein Hotel zu übernehmen, dass er in der Landwirtschaft war, sich auf einem Bauernhof um die Schweine gekümmert hat, bis er mit der Frau des Chefs durchgebrannt ist, aber dass es aus ist zwischen ihnen. Er packt das Gesicht der großen Kleinen, küsst sie, zieht sie aus, schläft mit ihr. Diese allzu romantischen Typen, die Blumen schenken und sich Zeit lassen, hat sie nie gemocht.

Sie, die ihre Liebhaber so oft wechselte, hat nun einen gefunden, der genug Gesichter und Leben hat, dass er sie nicht langweilt. Er ist es, das fühlt sie. Er ist der Richtige. Er erzählt ihr in jeder Einzelheit, wie man mit Pferden umgeht, wie man sie zähmt und wie man sie zureitet.

Sie hat ihm ihre eigenen Tiere noch nicht gezeigt, sie hält sie mit aller Kraft zurück, will keinen Anfall vor ihm bekommen, aber sie weiß, dass es eines Tages geschehen wird.

Und es ist gut, dass er lernt, Tiere zu dressieren, dass er keine Angst hat, es sogar mit Leidenschaft tut.

*

Sie besucht ihn im Pferdestall, es interessiert sie, zu sehen, wie er die Jungtiere behandelt. Er kommt von der Weide mit einem Fuchs, der einen gezackten Fleck zwischen den Augen hat. Er zeigt ihr die Knoten, mit denen man sie an der Stange anbindet. Ich gehe Bürsten holen, bleib bei ihm, das wird ihn beruhigen. Das Tier reckt den Hals, verrenkt sich, wie um ihm mit dem Blick zu folgen, scheint sich zu ängstigen, als er in der Sattlerei verschwindet. Sie versucht es zu beruhigen, indem sie ihm die Schulter streichelt, mit gegenteiligem Effekt. Sie fügt Angst zur Angst hinzu. Sie kennt das selbst, wenn man sie berührt und es ihr nicht gut geht. Die Muskeln zucken, die Ohren legen sich an, man sieht das Weiße in seinen Augen. Na, na, sachte. Das Tier wird unruhig, schlägt die Hufe auf den Boden, schnaubt, rückt nach rechts, dann nach links, fährt hoch, wirbelt Staub auf. Na. Na. Na. Das ist das Einzige, was ihr in den Sinn kommt. Opapa sagte das, um die Kühe zu beruhigen. Am Ende der Leine schwillt das Tier vor Panik an, stampft, schäumt, wiehert. Was macht er nur? Er braucht furchtbar viel Zeit, um ein paar Bürsten zu holen. Sie verliert die Nerven. Das Tier wirft sich abrupt nach hinten, zerrt mit all seiner Angst an der Leine, versucht sich loszumachen, den Strick zu zerreißen. Warum gibt der Knoten nicht nach, wie er sollte?

Sie schreit. Komm endlich, verdammt. Der Fuchs schwitzt mit verdrehtem Hals, als wollte er sich lieber töten, als auf seine Freiheit zu verzichten, als hier festgezurrt zu sein, mit ihr allein. Was machst du? Komm schon. Er wird sich die Halswirbel brechen, hinfallen, sich erhängen. Sie hat keine Ahnung, wie sie das Schlimmste verhindern könnte. Und fängt an zu heulen. Das fehlte noch, dass auch sie einen Anfall bekommt.

Der Junge kommt angerannt. Schnell, man muss ihn dazu bringen, ein paar Schritte nach vorn zu machen, sonst verletzt er sich noch, der Dummkopf. Er winkt mit den Armen hinter seiner Kruppe, stellt sich an die richtige Stelle, streichelt ihn mit der Stimme. Kleine Veränderung des Neigungswinkels der Ohren. Endlich geht das Tier vorwärts, einen Schritt nur, aber es reicht, dass sich das Seil lockert, die Panik ist vorbei. Ich dachte nicht, dass er so am Strick ziehen würde. Er verhielt sich jetzt schon seit Monaten ruhig, wenn er angebunden war, und versuchte nicht mehr, zu fliehen. Das Pferd senkt leicht den Hals, was bedeutet, dass es wieder Vertrauen schöpft. Möchtest du ihn bürsten? Sie zieht es vor, aus einiger Entfernung zuzusehen.

Es wirkt, als sei nichts passiert. Das junge Tiere lässt sich striegeln, unbeweglich und ruhig wie ein Spielzeugpferd. Hätte es nicht noch Schweißflecken an Schultern und Flanken, wüsste man schon nicht mehr, dass es sich vor einigen Sekunden das Genick brechen wollte.

Der Weichgrund

Die große Kleine legt ihre Hände auf den Bauch, ihr Baby hat sich darin eingerollt. Sie fragt sich, wie es aussehen wird. Es presst sich auf die Kehrseite ihrer Haut. Wie beim Weichgrund-Druck. Sie weiß, dass sich die Tinte in die Ritzen frisst, dass all ihre Einkerbungen sichtbar werden. Durch die Risse, durch die Verletzungen prägen sich die Züge ein, die Scharten machen die Zeichnung aus, sie möchte sie auswetzen, ein wenig abmildern. Sie macht sich Sorgen, dass es ihre labilen Linien haben wird, ihre zerkratzten Umrisse, ihre Schrunden, die schwarzen Tiere an den gleichen Stellen. Es wird ein Junge.

Wenn nur ihr Vater keinen Abdruck hinterlässt, seine Säure die Platte nicht angreift, er nicht hier und da auftaucht, Flecken verursacht, sich auf durchsichtigen Flächen abpaust, überall zu sehen ist. Sie ängstigt sich. Was, wenn der Kleine aus Seidenpapier wäre, wenn ein Nichts ihn zerknitterte, zerrisse, er später zur Flasche griffe, wie ihr Vater oder Opapas

Bruder, um dies alles zu ertragen. Er wird in einigen Monaten da sein, sie hat das Gefühl, ohne Licht unterwegs zu sein auf der Straße in der Nacht. Sie atmet tief ein und aus, ihr Freund legt seine Hände an ihren Bauch, summt etwas Sanftes. Sie hofft, dass er ihm gleichen wird, dass er eine Abwandlung seines Vaters wird, dass alles gut geht, dass seine Prägung ihre Linien verbessern wird, dass die Zeichnung kräftiger, der Anstrich besser verteilt sein wird, dass dies genügen werde, um das Kind zu schützen.

Das Böhnchen

Auf dem Teppich spielt Böhnchen mit seinen Holzpferden. Während sie seinen Vater mit den Jungtieren arbeiten sieht. Von dort, wo sie steht, wirken die Pferde so klein wie die Figürchen des Kindes. Es scheint so, als spielten sie alle zusammen, als dressierte der Vater die winzigen Holzpferde, als räumte Böhnchen Papas richtige Pferde in seine Boxen. Und manchmal heben seine Händchen sogar mühelos den Vaterkörper hoch, um ihn ein bisschen näher zu sich heranzuholen.

*

Es ist Essenszeit, Böhnchen steigt auf seinen Stuhl, um den Kühlschrank zu durchsuchen.

Nein, wie haben keine mehr. Sie hat nur das gesagt. Nein, wir haben keine mehr. Und er lädt sich mit Wut auf. Sie sieht, wie er sich auf die Fliesen wirft, rot wird, schreit, um sich schlägt, seinen Atem mit

Schluchzern, seine Schluchzer mit Atem vermischt. Ich will Wurst, ich will Wurst. Wurst. Wurst. Ich will Wurst. Zum ersten Mal gerät er außer sich. Wenn sie versucht, ihn zur Vernunft zu bringen, seine Besessenheit zu unterbrechen, wird er noch wütender, vergisst zu atmen und wirft Beine und Fäuste in die Luft. Also erzählt ihm die große Kleine, dass auch sie in seinem Alter heftig geweint hat, weil sie weiße Trauben wollte und es keine mehr gab. Dass sie stundenlang schreiend gegen ihre Zimmertür gepoltert hat. Ich will weiße Trauben. Ich will weiße Trauben. Aber es hat nichts gebracht.

Es scheint, als beruhige es ihren Kleinen, ihr zuzuhören, als vergesse er die Wurst und bringe seinen Atem wieder in Ordnung. Aber als die Geschichte fertig ist, wirft er sich erneut auf die kalten Fliesen und schreit. Ich will weiße Trauben. Es tut mir leid, aber dafür ist jetzt nicht die Jahreszeit. Ich will weiße Trauben. Weiße Trauben. Ich will weiße Trauben. Weiße Trauben. Weiße. Trauben. Bestimmt heißt das: Ich will Aufmerksamkeit. Auf-merk-sam-keit. Dafür gibt es keine Jahreszeit, die große Kleine weiß das, sie drückt ihn fest an ihre Brust, tröstet ihr Kind und mit derselben Bewegung das kleine Mädchen, das sie noch ist.

*

Als sie Mutter wurde, fragte sich die große Kleine, ob sie genug gefestigt sei, um ihrem Sohn Stabilität zu geben. Sie hat große Angst, dass er in ihren Torfgruben versinkt, dass er ein Leben auf weichem Boden haben wird. Sie ist es gewohnt, im Sumpf über die riesigen Schwämme zu gehen, zu spüren, wie die Landschaft ihr die Stiefel auszieht, sie packen will, alles tut, was sie kann, um sie zurückzubehalten, um sie am Fortlaufen zu hindern. Der Boden ist rutschig, gibt nach, lässt sie hinken, bringt sie zu Fall. Warum willst du immer die Abkürzung über die Felder nehmen, du weißt doch, dass es auf der Straße schneller geht? Sie weiß, dass es eine schlechte Idee ist, durchs Moor zu laufen, sich zu verlieren auf einem Boden, der nicht hält, auf einer Erde, die sie nicht tragen kann. Man sieht es von Weitem, dass es schwierig ist, dort langzugehen, wo das Gras nicht dasselbe ist, wo es Schilf, Sonnentau, Nelken gibt. Sie weiß es, aber das hält die große Kleine nicht ab. Sie hat gelernt, dort durchzulaufen, nicht mehr zu versinken, sich vom Boden streicheln zu lassen. Wenn sie ihren Sohn in den Armen hält, denkt sie immer an die Torfgrube. Auch ihre Liebe ist von Wasser durchtränkt. Man versinkt darin, könnte darin ertrinken. Sie hofft, dass er sich freistrampeln kann. Sie wird ihn lehren müssen, den Sumpf zu durchqueren, nicht in die Falle des zärtlichen Bodens zu geraten, die klebrige Liebe um seine Waden zu fühlen, sie nicht überhandnehmen zu lassen. Sie wird ihm zeigen müssen, wie man den Torfgruben entkommt, damit er, wie sie, auch gern dahin zurückkehrt. Damit er, wie sie, die leidenschaftlichen Gefilde den gleichgültigen vorzieht.

Sie weiß, dass man mit der Liebe aufpassen muss, dass es gefährlich ist, wenn sie sich festhakt. Sie erinnert sich daran, wie sie die Häschen getötet hat. Opapa hatte sie noch gewarnt. Wenn du sie anfasst, will die Mutter sie nicht mehr, das wird sie aufregen, ihnen Durchfall machen. Aber sie hatte zu viel Liebe zu geben, sie waren so niedlich, so winzig, wie gemacht, um von ihren Fingern umschlossen zu werden. Sie hatte nicht glauben wollen, dass ihre Zärtlichkeit töten könnte, sie hatte den Tag damit verbracht, sie zu streicheln. Die kleinen Fellkugeln konnten sich ihren Händen nicht mehr entziehen, versanken in ihrer Liebe wie die Stiefel im Wasser.

Als Opapa am nächsten Tag nachschaute, waren sie verreckt. Bewegten sich nicht mehr, waren ganz kalt, ganz hart, das hatte ihre Liebe gemacht. Man musste sie auf die Geröllhalde werfen, sie zwischen den Steinen verschwinden lassen. Das kann passieren. Opapa erklärte, er habe auch schon Tiere getötet, weil er ihnen zu viel Schneckenklee gab, er wollte ihnen eine Freude machen, aber wenn es zu stark ist, verträgt der Körper das manchmal nicht.

Sie hofft, ihrem Sohn nicht zu schaden, ihn nicht mit ihrer Liebe in den Sumpf zu ziehen. Setz den

Fuß hierher, such dir Erdschollen, lass dir Zeit. Ja, so, genau. Es ist nicht schlimm, wenn ein Schuh stecken bleibt. Sag dir, dass die Landschaft dich zu lieben versucht, dass sie nur möchte, dass du noch etwas bleibst. Versuch nicht zu rennen, ich zeige es dir. Halte dich an Mama fest, ganz fest, ich lasse dich nicht im Stich, wir werden nicht hinfallen.

Der Opa

Böhnchen sagt, er will seinen Opa sehen. So nennt er den Vater der großen Kleinen. Sie antwortet ihm, das sei nicht möglich, er sei vor seiner Geburt gestorben. Er sagt, dass der Opa im Schrank ist, und kommt mit dem Fotoalbum zurück.

Opa, der durch den Wald geht, Opa, der sie auf den Schultern trägt, Opa, der schwimmt, Opa, der Moped fährt, Opa, der einen Fisch fängt.

Er ist ganz betrübt, dass er ihn nie kennengelernt hat. Er möchte ihn berühren können, ohne dass man ihm sagt, er werde ein Eselsohr machen, ohne dass seine Finger auf dem glänzenden Papier Spuren hinterlassen. Er möchte seinen Opa sehen, wie er sich bewegt, seinen lebenden Opa, nicht den ganz kleinen, unbeweglichen, nicht den, der unter Schutzhüllen, in Alben, in Schubladen steckt.

Er weint, und nichts kann ihn beruhigen. Doch, es gibt schon etwas, das ihn tröstet, aber sie spielt das nicht gern. Er will, dass sie so tut als ob, dass sie zu seinem Opa wird, dass sie ihn nachmacht und mit seiner Stimme spricht. Er glaubt daran, er nimmt sie bei der Hand und zeigt ihr das Haus. Siehst du, Opa, das hier ist mein Zimmer, das sind meine Spielsachen. Ich muss dir auch meinen Garten zeigen, Mama sagt, dass du einen schönen Gemüsegarten hattest. Das hier sind meine Tomaten, und das meine Zucchini, willst du eine Borretschblüte essen? Pass auf, dass du nicht ausrutschst. Ich möchte, dass du mich heute Abend ins Bett bringst. Zuerst musst du mir eine Geschichte vorlesen, und dann bleibe ich noch ein bisschen auf deinem Schoß. Ich zeige dir, wie Mama es macht. Sie streichelt meine Wange, sie summt leise. Doch, du schaffst das schon. Im Dunkel des Zimmers glaubt er daran, ihr Junge, er ist überzeugt, dass es sein Opa ist, der ihm die Wange streichelt. Wenn du weniger Zigaretten geraucht und weniger Bier getrunken hättest, hättest du mich kennenlernen können. Schade. So schade, ja.

Und sie legt den Kleinen ins Bett, deckt ihn zu. Normalerweise dreht er sich auf die Seite, und sein Atmen verrät, dass er schläft. Aber heute Abend verheddert er sich in der Decke, er beugt seine Beine, streckt die Arme, rauft sich die Haare und setzt sich wieder auf. Opa, rufst du bitte Mama? Ich möchte lieber, dass sie es macht. Sie geht zum Zimmer hinaus, kommt wieder mit ihrem richtigen Gang, ihrer richtigen Stimme, und sofort ändert sich Böhnchens Atmung, er schläft.

Es stimmt, dass sie ihrem Vater gleicht, dass es bestimmte Dinge von ihm gibt, die sie an ihren Sohn weitergeben kann. Seine Augen und seine Hände, die Form der Finger, die der Zehen. Auch seine Haut, ihre Farbe, ihre Art, zu altern, Falten zu bilden. Die langen, wohlgeformten Beine.

Doch mit dem Tag, da sie schwanger wurde, hat sie begonnen, ihrer Mutter zu gleichen. Noch bevor sie den Schwangerschaftstest machte, hatte sie bemerkt, dass ihre Züge sich veränderten, dass sich in ihr eine andere abzeichnete. Das ist etwas, was sie oft an ihren Freundinnen bemerkt hat, diese Verwandlung im Moment des Mutterwerdens.

Wenn sie sich alle drei auf das Mäuerchen vor dem Hof setzen, sie, ihre Mutter und Omama, dann sieht man, dass sie dabei ist, sich in ihre Mutter zu verwandeln, und ihre Mutter in Omama, und Omama in diejenige, die man vor ihr Omama nannte. In erkennbaren Abstufungen.

Je älter sie wird, desto mehr verblassen die Züge ihres Vaters. Ihr Sohn sollte die Gelegenheit noch nutzen, bevor nichts mehr von ihrem Vater an ihr ist und sie nicht mehr spielen kann, sie sei er.

*

Wenn er seinen Opa besuchen will, muss er hinter den Hof gehen. Da steht eine See-Kiefer, da, wo der Tannenwald anfängt. Es sieht so aus, als habe sie sich hierher verirrt, als fröstle sie, als zittre ihr Stamm vor Kälte, als teile sie sich in Äste auf, mit ihrem Schal aus Rinden, um sich besser warm zu halten. Er sticht heraus, dieser graue Baum, der seine Einsamkeit und seinen Saft am Waldrand tropfen lässt. Deshalb hatte die Kleine gewollt, dass man die Asche ihres Vaters dort verstreue, an seinem Stamm. Die anderen Bäume sind alle gleich, verschwinden neben diesem Sonderling. Wenn man danebensteht, hat man das Gefühl, seine Äste wollten einen trösten, wären zum Umarmen gemacht. Seine Nadeln stechen ein bisschen, das stimmt, aber der Bart ihres Vaters hat ja auch gestochen. Er ist am Herbstanfang gestorben, man hat ihn da verstreut, am Eingang des Waldes. Etwas Pulver, eine Wolke, Blütenstaub.

Er mochte sich nicht auf dem Friedhof an eine Familie drängen, die ihn nicht liebte. Hinter dem Hof wollte er sein, dafür braucht es keine Erklärung. Wenn das Essen fertig war, wusste man, wo man ihn rufen musste, damit er kam. Die Kleine rannte hinter den Hof, wartete unter der Kiefer auf ihn, schon damals trafen sie sich dort, und er zeigte ihr seine mit Steinpilzen, Pfifferlingen und Morcheln gefüllten Beutel. Jeden Herbst streichelt die Kleine sorgfältig das Moos, durchsucht den Boden rund um den Stamm, sie sucht ihren Vater wie die Pilze, sie möchte ihn wiederfinden, sich ein Omelett daraus braten, aber nichts wächst zwischen den sehnigen Wurzeln. Außer im Frühling, da wird es ganz weiß, kommen die Krokusse, und es blüht mehr noch als auf dem Friedhof. Ihr Vater ist gestorben, bevor er weiße Haare hatte, doch es gleicht einer Haarpracht, einem Bart, der ein wenig aus der Erde sticht, der uns jedes Jahr daran erinnert, dass hier ein Mann schläft. Sie verpasst nie den Moment, in dem es im Schatten der Kiefer weiß wird und gut zu riechen beginnt. Sie traut sich nicht, die Krokusse zu pflücken, darauf zu treten, sie zu streicheln, sie hat Angst, es könnte ihm wehtun, sie schaut ihn lieber nur von Weitem an, stört ihn nicht.

Auch ihre Mutter kommt hierher, um an ihn zu denken, aber sie tun es nie zusammen, sie sind zu verschieden im Umgang mit ihrem Kummer. Sie sieht, wenn die Mutter da war, wenn die großen Arme der Kiefer sie getröstet haben, wenn der rechte Ast sich um ihre Traurigkeit gelegt hat, man erkennt noch die Form des Körpers, den er umfasst hat, sie fragt sich, ob die Mutter sich beim Weinen in die Krokusse zu knien getraut. Einige sind niedergedrückt. Aber das war vielleicht nicht sie, das waren bestimmt die Kühe.

Die Kleine hat ein Schild mit Namen, Vornamen ihres Vaters und auch mit dem Geburts- und dem Todesdatum angebracht, sie wollte es machen wie auf den Gräbern. Damit die Spaziergänger Bescheid wissen, damit niemandem in den Sinn käme, an den Stamm zu pinkeln, damit sein Leben irgendwo geschrieben steht. Sie schlug Nägel ein, auch wenn Opapa sagte, das töte die Bäume, sie nahm das Risiko in Kauf. Er spuckte Harz, das die Tafel anklebte, sie auf die Rinde pfropfte. Sie hatte nicht daran gedacht, dass die Kühe hierherkommen würden, um sich zu kratzen, sich am Holz zu reiben, dass die Ecken seines Schilds ihnen so wohltun würden, zwischen den Hörnern, hinter dem Schwanz. Es schnürte das Herz zusammen, den Stamm mit einer so großen Wunde zu sehen. Unter der grauen Kruste war es braun, war es rot, quoll der Saft, war es voller Winterhaare, das hatten die Kühe sich in ihrer groben Art erlaubt. Der Name ihres Vaters wurde fortgerissen, unter einen falschen Baum. Ihre Mutter wollte, dass man ihn wieder anbrachte, dass man ihn reparierte, dass man eine Umzäunung machte, damit es nicht noch einmal passierte, aber niemand fand je die Zeit, sich darum zu kümmern.

Er sticht noch mehr hervor, dieser Baum, mit seiner riesigen, wulstigen Narbe, mit diesem roten Fleck in all dem Grau, dem gleichen Rot wie das Haar ihres Vaters.

*

Böhnchen will oft hingehen, um zu sehen, ob sein Opa die Blumensträuße holen kam, die er auf die Wurzeln gelegt hat. Beim Rückweg findet er Steine auf dem Pfad und drückt sie sich ans Ohr. Man hört ihn plaudern, seinen Tag erzählen. Es ist ein Stein-Phone, um die Toten anzurufen! Möchtest du mit Opa sprechen? Hallo? Hallo? Er hat aufgehängt. Vielleicht funktioniert es nur bei Kindern. Opa sagt, dass er keine Schmerzen mehr hat, seit er tot ist, aber dass er nicht zurückkommen kann, jetzt, wo es ihm gut geht. Das ist blöd.

Zu Hause angekommen, könnte man ihn malen. Er geht ein großes Blatt für die wichtigen Dinge holen. Er beginnt ein Gesicht, das Ohren hat, Augen mit Augenbrauen, einen Mund mit großen Zähnen. Er sieht böse aus, mein Opa, ich fange noch mal an. Mit einer anderen Farbe malt er ein neues Gesicht, das sich darüberlegt, das hier sieht viel netter aus. Du hast recht, genauso war er, dein Opa. Mit mehreren Gesichtern, vor und nach dem Trinken.

*

Mama, ich möchte, dass du wieder klein wirst, wie auf den Fotos mit dem Opa. Die große Kleine tut, als hörte sie nichts.

Die Uhr kommt nicht mehr nach, sie geht langsamer als die richtige Zeit, manchmal steht sie still.

Jeden Morgen wird sie aufgezogen. So eine schöne Comtoise, von Opapa selbst gebaut, die leistet einem Gesellschaft, auch wenn sie die Stunden durcheinanderbringt. Ein Körper aus Holz, kerzengerade in der Zimmerecke.

Böhnchen lässt nicht locker, er möchte, dass seine Mutter wieder klein wird, dass sie gleich alt sind, um zusammen spielen zu können. Das geht nicht. Doch, das geht. Mach dich wieder klein, werde wieder wie ich. Sie würden sich sicher gut verstehen, wenn sie wieder drei Jahre alt wäre, dann könnte sie seine Freundin, seine Zwillingsschwester werden.

Die Zeiger der Uhr, selbst dieser hier, die kaum vorwärtskommen, lassen sich nicht zurückdrehen. Wenn sie wieder ein kleines Mädchen wäre, gäbe es ihn nicht. Ich würde in deinen Bauch zurückgehen, stimmt's? Nicht einmal das. Mein Opa wäre noch da?

Vor der großen Uhr, die alles macht, um die Zeit zu verlängern und die Leute nicht mehr alt werden zu lassen, will der Kleine, dass die Mutter sich hinkniet. Mit seiner Hand misst er sie, sie sind genau gleich groß: genau gleich alt.

Das Erbe

Der Onkel schabt die rechte Reihe sauber. Die Tante die linke. Ohne miteinander zu sprechen, misten sie den Stall gründlich aus, stoßen die Kuhfladen zwischen die Gitterstäbe, lassen sie hinunterfallen. Das ist mühsam, tut dem Rücken weh und auch den Schultern. Man muss die Tante nur anschauen, um zu sehen, wie ihre Wirbelsäule unter der Schufterei gelitten hat, nach vorne gebeugt, unter die Tiere gebückt, sogar wenn der Tag vorbei ist. Aber es hat etwas Befriedigendes, den Mist zum Verschwinden zu bringen und dann die Fliesen zu scheuern. Platsch, fällt es nach unten. Sie haben das Gefühl, den Alltag von seinem Dreck zu befreien, die Gedanken wegzuspülen, die ganze Scheiße zwischen die Gitterstäbe fallen zu lassen. Platsch.

Die Tante hört nicht gern Nachrichten. Das alte Radio, das am Balken beim Eingang hängt, ist auf Nostalgie eingestellt. Ich sage euch, damit wird die Arbeit leichter, der Ruhestand rückt näher, und man vergisst die Schmerzen. Es laufen die Hits aus ihrer Jugendzeit, sie kennen die Texte auswendig. Na, meine Schöne, rückst du ein Stück. Sogar die Kühe mögen das, wenn sie anfangen zu singen, die Hüften schwingen wie damals auf den Tanzfesten, wo sie sich getroffen haben. Sie stoßen die Flanken weg, stochern zwischen ihren Hufen, die Tiere rücken zur Seite, machen Platz für den Besen. Was bist du brav! Gutes Mädchen. Der Onkel vergisst nie, sie zu tätscheln, bevor er das Stalllicht löscht, seine Schutzweste auszieht und die Jugendlieder abdreht. Heute Abend gehen sie früh zu Bett, er hat einen steifen Rücken.

*

Böhnchen hebt den Arm. Omama hebt den Arm. Er kratzt sich am Kopf, sie kratzt sich am Kopf. Er streckt die Zunge heraus, sie streckt die Zunge heraus. Er lacht, sie auch. Er springt in die Luft, das schafft sie nicht mehr. Nicht, dass sie nicht mehr mit ihm spielen will, sie hat Spaß daran, ihn nachzuahmen, sich in ihm zu sehen, sein Spiegelbild zu werden. Ein Spiegel mit neunundachtzig Jahren Vorsprung tut, was er kann, schafft es aber nicht mehr, mit den Händen die Füße zu berühren, zu hüpfen. Er schließt die Augen, sie schließt die Augen. Er berührt seine Nase, sie nicht: Ihre Augen sind immer noch zu. Er lacht, sie lacht. Er fragt sie, warum sie all diese Ritzen im Gesicht hat. Sie lässt ihn die Frage wiederholen, sie hört nicht mehr gut. Warum hast du Ritzen im Gesicht? Sie schaut die Wangen, die Stirn des Kleinen an, als betrachte sie sich im Spiegel. Sie kann aber nichts erkennen, was wie Falten aussieht.

Omamas Gesicht ist vom Wind und von der Sonne gegerbt, ihre Hüften vom Käse und dem guten Fleisch des Hofs gepolstert. Die Landschaft ist auf sie übergeschwappt, sie hätte nicht anderswo leben können. Sie hat die gleiche Gestalt wie der Zwetschgenbaum im Garten, der sich unter zu vielen Früchten biegt, sich unter dem Gewicht seiner Großzügigkeit krümmt. Ihre Arme, ihr Rücken, ihre Beine sind müde vom lebenslangen Geben. Sie hat viele Kinder großgezogen: eigene und die anderer.

Jahrelang hat sie sich um die Tiere und das Land gekümmert, ohne einen Mucks.

Wenn Freundinnen aus der Stadt zum Kaffee kommen, findet sie, dass sie schön angezogen sind, sie selbst dagegen wenig hermacht. Dabei ist es gerade umgekehrt. Deren schicke Schuhe, rote Lippen, Klimbim um den Hals, Anhänger am Handgelenk bringen Omamas Schönheit zur Geltung. Nichts lenkt von ihrem Alter ab, sie zeigt sich, ohne zu lügen, und entlarvt alle anderen. Sie versucht nicht, jung zu bleiben, sie weiß, dass das Leben mit der

Zeit tötet. Solange sie noch auf ihrem Hof lebe, den Alltag bewältigen könne, sagt sie, wolle sie gern noch ein wenig verweilen. Opapa hatte mehr Angst zu sterben, das ist bestimmt der Grund, weshalb er den Kopf verlieren musste, um auch die Angst zu verlieren. Sie hingegen fürchtet sich nicht, sie hat schon das Alter ihrer Eltern überschritten, sie hat gut gelebt: Sie bereut nichts und möchte das Rad nicht zurückdrehen.

Tag für Tag, bei jedem Wetter, macht sie eine kleine Runde, um den Kopf auszulüften und ihr Alter instand zu halten. Sie schleppt sich bis zum Ende des Gemüsegartens, das reicht. Es ist schon so, dass sie ein- oder zweimal gefallen ist, sie schafft es nicht mehr, alleine aufzustehen. Sie hat sich vorgestellt, die Nacht draußen zu verbringen, mit dem Gesicht in der Erde. Zum Glück ist der Cousin mit dem Auto angekommen, ist ihm das leuchtende Blau ihrer Schürze ins Auge gestochen, kam er angerannt, um sie auf die Füße zu stellen und zu beruhigen. Zum Glück. Seither macht sie winzige Schritte, damit sich das Leben in die Länge zieht, damit sie nicht zu schnell am Ende ankommt. Sie kürzt ihre Spaziergänge ab, das lässt ihr Zeit, besser zu beobachten. Sie muss nicht weit gehen, um Bussarde zu zählen, Füchse zu überraschen, die vom Blitz gespaltenen Bäume zu melden.

Sie geht nur so weit, bis sie den Hof ganz sehen

kann. Wenn man davorsteht, ist das Gebäude zu lang, um Platz zu haben im Blick, man muss den Kopf drehen, um die ganze Fassade mit den Augen abzusuchen, das tut ihr im Nacken weh. Sie kehrt vor der Kurve wieder um, da, wo man die beste Aussicht hat. Aber heute ist der Hof unter dickem Nebel begraben, der Horizont ist verschwunden. Jemand hat ihre Welt unkenntlich gemacht, mit den Fingern über das Pastellbild gerieben, Farben und Formen verwischt. Sogar ihre Füße sind zeitweise ausradiert, ihre Beine verschwunden, sie tappt blind durch die graue Landschaft. Eigentlich ist hier der Hof, dann spürt sie unter ihren Sohlen einen anderen Boden, sie ist auf den Schieferplatten der Terrasse angekommen, muss nur noch die Arme ausstrecken, um die Haustür zu öffnen.

*

Zum Glück muss der Opapa das nicht mehr erleben.

Der Stall war noch nie so blitzblank geputzt. Die Viehhändler sind vor ein paar Tagen gekommen, um die letzten Tiere abzuholen. Onkel und Tante haben ihren Ruhestand verdient, sie werden nicht viel herausholen, das wissen sie, aber sie brauchen sich nicht mehr ums Kalben zu kümmern, sich nicht mehr wegen des Wetters zu sorgen, sich nicht mehr beim Heuen abzurackern. Seit Jahren flehen ihre Rücken,

Schultern, Hüften sie an. Aber meint ihr, es sei einfach, die Tiere fortgehen zu sehen, niemanden zu haben, dem man den Hof übergeben kann?

Sie können es ihren Kindern nicht übel nehmen. Sie verstehen sie schon. Die Kinder kommen am Wochenende, wenn sie nicht zu viel Arbeit haben. Auch in den Ferien. Bevor sie wieder ins Tal fahren, füllen die Eltern ihnen den Kofferraum. Es ist, als versuchten sie, ihnen den Hof in Kühlboxen mitzugeben, als wollten sie, dass die Kinder Stück für Stück die Herde mit sich nähmen. Es war nicht ihre Berufung, sie wären keine guten Bauern geworden, auch wenn sie dem Land verbunden sind.

Sie hatten ja recht, bequeme, gut geheizte Häuser zu bauen, näher bei der Stadt. Häuser für sie allein, die es vorher nicht gab, die keine Geschichte haben. Den Hof bewahren sie in ihren Erinnerungen und in ihrer Tiefkühltruhe auf. Ein in Stücke geschnittener, abstrakt gewordener Viehbestand, Tiere in Blöcken, aufgereiht in Behältern, wie in einem Stall. Ein Erbe in Aluschalen, in Beuteln, die sie auftauen, aufwärmen und in der Mittagspause schnell verschlingen. Hier ist das Klima zu rau, es gibt keinen einzigen Nachbarn mehr, die Leute verpachten die Felder, leben selbst in den Tälern, wo alles bequemer ist, die Kinder sind dem Lauf der Dinge gefolgt.

Man müsste den ganzen Hof umbauen, neu konzipieren, die Tiere mit den Köpfen zueinander ausrichten, um beim Füttern Handgriffe zu sparen, noch einmal ins Material investieren. Sonst ist das kein Leben. Das wiederholen sie oft. Dass es kein Leben ist, einen Hof wie den ihren zu übernehmen. Und doch hat der Onkel geheult, als man die Tiere in den Transporter verfrachten musste. Er hat geheult, denn auch wenn es kein Leben ist, so war es doch seines, er hat sich gern um seine Kühe gekümmert, sich ihnen gewidmet. Er hätte nichts anderes tun können.

Opapa sagte immer, dass das Leben an dem Tag, an dem keine Tiere mehr da sind, keinen Wert mehr haben werde. Er hatte das Glück, vorher zu sterben. Seit der Stall so gut riecht, wiederholt die Omama ohne Unterlass: Zum Glück muss der Opapa das nicht mehr erleben. Die Hände auf ihre Stöcke gestützt, kommt sie in winzigen Schritten hinzu, sieht die Reihen mit den leeren Tränken an, gibt den Katzen ein paar Reste und senkt den Kopf. Zum Glück muss der Opapa das nicht mehr erleben. Sie wagt nicht zu sagen, dass auch sie traurig ist, aber man merkt es. Sie wird dauernd wütend, das ist ihre Art zu weinen. Ihre Art, stark zu sein.

Zum Glück muss der Opapa das nicht mehr erleben. Zum Glück wird er nie erfahren, dass seine Enkelkinder alle fortgegangen sind, um in der Stadt zu arbeiten, dass sie ihm das antun konnten. Den Hof nicht übernehmen. Die Geschichte nicht fortsetzen. Das Erbe der Tiere und des damit verbundenen

Lebens ausschlagen. Wenn er nicht schon tot wäre, hätte ihn das umgebracht.

*

Im Dunkel des Stalls sitzt die große Kleine und sagt sich, dass der Hof ohne die Kühe nicht mehr derselbe ist. Zum Glück hat sie im letzten Winter daran gedacht, die kleinen Kälber zu fotografieren, die Hintern in einer Reihe, als die Bude noch voll war. Fotografieren ist etwas, das sie gern tut. Sie wollte sich mit dem Anblick der Bilder trösten, aber es funktioniert nicht. Sie nimmt es ihnen übel, wirft ihnen vor, so still und sauber wie der Stall zu sein, das Muhen, das Geräusch der Holzpantinen, der Kuhfladen, den Geruch von Urin, von Schweiß und Heu nicht zu bewahren. Der Hof ist leer wie ein hohler Zahn. Ein taubes Schneckenhaus. Eine zu stark gestutzte Familie ohne einen Ast, der die Geschichte weiterführte.

Sie hätte den Hof ja gern übernommen, Opapa nicht wütend machen, ihn nicht ein zweites Mal töten wollen. Aber wie hätte sie die Kühe behalten können? Ihr habt sie doch gesehen, mit ihrer zu schmalen Taille, ihren Armen, die nicht arbeiten, ihren Emotionen, die sich nicht zu benehmen wissen. Außer irgendetwas in ihr Heft zu schreiben, kann sie nichts.

Sie hätte nie ein Tier zum Metzger schicken können. Sogar für die Tiere, die in ihr sind, ist sie zu sanft, um ihnen wehzutun, um sie zu töten, sie könnte sie wenigstens erziehen. Sie lässt sie sich fortpflanzen, in ihrem Kopf Runde um Runde drehen, gegen ihre Brust poltern wie gegen das Blech eines Viehtransporters. Wie eine Herde von Aggressionen, die die Haltestangen ausreißt, die schäumt, sich auf sie wirft, sie mit den Hörnern angreift. Sie wird zu einem Tier, das nicht mehr sprechen kann, das sich ins Gesicht schlägt, gegen die Türrahmen prallt, sich in Schluchzern erstickt und erschöpft zu Boden geht.

*

Du bist das einzige Pferd, das ich niemals bändigen werde. Das sagt er häufig zur großen Kleinen, ihr Freund. Bestimmt, um sie darüber zu trösten, dass sie in ihrem Alter noch solche Anfälle hat.

Ein gezähmtes Pferd, das ist eine fertige Zeichnung, ein ausgeräumter Hof, das hat keinen Reiz mehr. Es ist seine Arbeit, die Pferde zuzureiten, sie dann denen zurückzugeben, die sie so haben wollen, die beruhigt sind, dass sie nicht ausschlagen werden, dass sie nicht mehr genug Eigenleben in sich tragen, um sie abzuwerfen. Ihn interessiert, es mit einem wilden Jungtier aufzunehmen, ein ungestümes zu streicheln, sich auf ein unberechenbares zu setzen, und wenn es ihm gelingt, dann gibt er es dem Besitzer ungerührt zurück und wartet nur darauf, es durch neue zu ersetzen. Es ist, als würde er den Film ständig zurückdrehen, als bedaure er, sie so brav gemacht zu haben, als müsste man die Bilder gleich umgekehrt montieren, damit sie ihr Ungestüm wieder hätten. Es beruhigt ihn, die Oberhand zu gewinnen, und gleichzeitig braucht er den Widerstand, nichts langweilt ihn mehr als ein pflegeleichtes Tier. Er möchte das Unzähmbare zureiten. Von einem Widerspruch zu träumen, ist nicht leicht, das beschäftigt ihn oft, er nimmt es sich übel. Er sagt, er sei schlicht ein Mörder, er habe mehrere Pferde pro Jahr auf dem Gewissen, wie Eltern die Kindheit töten in ihrem Erziehungswahn. Sogar ihren Sohn, Böhnchen, töten sie, wie er findet, indem sie ihm helfen, groß zu werden. Wenn er die Pferde wirklich lieben würde, ließe er sie einfach in Ruhe, sagt er oft. Er ließe sie auf ihrer Weide, er begnügte sich damit, sie anzuschauen.

Er tut, was er kann, um der großen Kleinen zu helfen, ihre Ängste beisammenzuhalten, die er wie ein Herdenhund umkreist, in eine Reihe stellt und einsortiert, irgendwo in der Schwarzkunst ihrer Hintergedanken. Sie zieht langärmlige Shirts an, um ihre blauen Flecken zu verbergen, bis sie ausradiert, vergessen werden. Und es wieder losgeht. Es geht immer wieder los.

Wie hätte sie sich um den Hof kümmern können?

Die Leute aus der Gegend haben recht.

Ihr Freund hätte sich darin einrichten, seine Pferde hineinstellen können, nur wäre niemand bis hierher gekommen, ans Ende der Welt, die Kundschaft wäre ausgeblieben, und es wäre schwierig gewesen, die Geschichte zu überschreiben, die Kühe durch Gäule zu ersetzen, wie sie sagen. Man hätte das Original nicht mehr erkannt.

Also ist die große Kleine wohl die Einzige, die noch Tiere hält, die noch mit ihnen lebt, die hinter ihrem Alltag noch Muhen und Wiederkäuen hört. Die im Kopf so wilde Tiere hat wie die Katzen, die im Estrich kopulieren und die einem, wenn man ihnen zu nahe kommt, ins Gesicht springen.

*

Böhnchen stellt seine Zäune rund um die Mutter auf. Tust du das, damit ich nicht weggehe? Oder damit meine Tiere nicht ausbrechen, ist es das?

Mit ihrem Blumenkleid sieht sie aus wie die Weide. Die kleinen Hände suchen eine flache Stelle, klopfen sie fest mit der Handfläche, beim Bauchnabel, vor dem Abhang ihrer Rippen, da. Nicht bewegen, bloß nicht bewegen. Ich komme wieder. Einige Holzbalken, ein Dreieck für das Dach. Erkennst du ihn?

Das ist Omamas Hof. Ihre Brüste zeichnen die Berge, die Säfte. Jetzt kommt er noch mal, die Arme mit Tieren beladen. Riesige Kühe mit Flecken und andere, kleinere. Die wären weiter weg. Er setzt sie auf ihre Schultern, in ihre Täler, in die geblümten Falten. Sie würde gern aufstehen, um zu schauen, wie es aussieht, aber wenn man die Landschaft ist, kann man sich weder bewegen noch aus der Ferne betrachten. Also bleibt sie ausgestreckt auf dem Boden liegen und wartet, bis die Kühe ihr langes Kleid abgeweidet haben, bis Böhnchen es geschafft hat, alle seine Tiere zu versammeln.

Er spricht mit Opapas Stimme, ruft sie in Patois. Nicht bewegen, du bist das Gras, du bist der Boden, puste mal, um den Wind zu machen. Was? Die Landschaft spricht zu mir! Nein, es ist nicht Zeit fürs Bad. Ich muss noch mit dem Traktor fahren. Das Kind vibriert mit seinen Lippen und rollt über die Haare der Mutter, wickelt sie ein, stellt Heuballen her.

Die Fingerchen kneifen in den Stoff, wie um Blumen darin zu pflücken. So. Das wird meinem Opa Freude machen! Hier wäre sein Baum. Und er legt sorgfältig einen imaginären Strauß auf den Weg, den ihr Schlüsselbein abgrenzt. Nein, kein Bad. Ich will noch mehr pflücken für das Grab auf dem Friedhof. Die kleinen dicken Finger suchen Vergissmeinnicht aus, sammeln sie und legen sie hierhin, auf den Saum ihrer Taille. Als ob die ganze Familie in ihrem

Körper begraben wäre, als ob der Opapa, der Bruder vom Opapa und die von noch früher irgendwo in den Furchen ihrer Haut schliefen.

Die große Kleine steht auf, um mit dem Kleinen ins Bad zu gehen.

Er bekommt einen Wutanfall.

Sie hat seine Geschichte umgestürzt, wegen ihr sind alle Tiere entwischt.

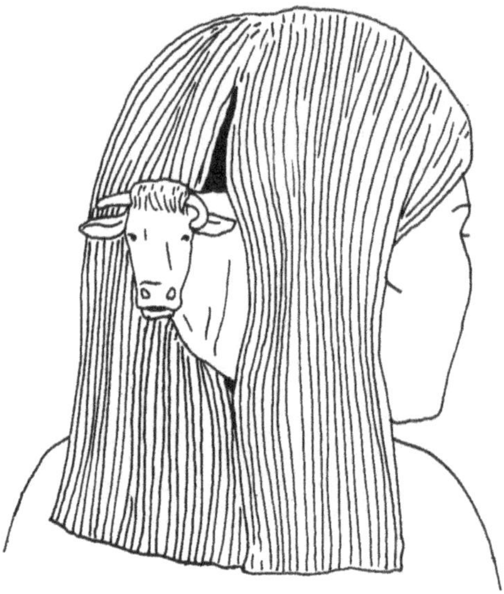

Mein Dank geht an Lucien, Augustin,
Tony, Margaux und Edwige

Inhalt

Foto: Francesca Mantovani

MARION FAYOLLE, 1988 geboren, aufgewachsen in der Ardèche, ist eine bekannte französische Comiczeichnerin. Ihre Arbeiten erscheinen in französischen und internationalen Zeitungen und Magazinen, u.a. in *The New Yorker* und *The New York Times*. Sie hat bereits mehrere Graphic Novels für Erwachsene und für Kinder veröffentlicht. *Aus gleichem Holz* ist ihr erster Roman; er wurde in Frankreich zum Überraschungserfolg des literarischen Frühjahrs und mehrfach ausgezeichnet.

RUTH GANTERT ist Redaktionsleiterin des viersprachigen Schweizer Literaturjahrbuchs *Viceversa* und Übersetzerin. Sie hat u.a. Frédéric Pajak, *Ungewisses Manifest*, Band 1–6 ins Deutsche gebracht.

Atlantis Literatur

Leta Semadeni *Amur, großer Fluss*
Rebecca Gisler *Vom Onkel*
Martin R. Dean *Ein Stück Himmel*
Max Frisch *Blätter aus dem Brotsack*
Fritz Meyer *Ich unter anderem*
Fabienne Maris *Hitzewelle*
Ursula Fricker *Gesund genug*
Cesare Pavese, Bianca Garufi *Großes Feuer*
Leta Semadeni *Ich bin doch auch ein Tier*
Blaise Cendrars *Gold*
Monika Neun *Und dann verschwinden*
Marie-Hélène Lafon *Joseph*
Hansjörg Schertenleib *Im Schilf*
Martin R. Dean *Meine Väter*
Angelika Waldis *Berghau*
Cécile Ines Loos *Hinter dem Mond*
Michael Stauffer *Glückspilzbank*
Mario Casella *Der Wanderfotograf*
Fanny Desarzens *Berghütte*
Otto F. Walter *Der Stumme*
Alice Schmid *Die hängende Säge*
Ursula Fricker *Fangspiele*
Marie-Hélène Lafon *Die Quellen*
Blaise Hofmann *Die Kuh im Dorf lassen*
Mariann Bühler *Verschiebung im Gestein*
Matteo Melchiorre *Der letzte Cimamonte*
Martin R. Dean *Tabak und Schokolade*
Vincenzo Todisco *Der Geschichtenabnehmer*
Cesare Pavese *Klar und verlassen gehen die Morgen dahin*
Lia Maria Neff *Ein bisschen für immer*
Angelika Waldis *Hier. Dort. Fort*
Marion Fayolle *Aus gleichem Holz*
Blaise Cendrars *Dan Yack*